國學の子
我等征かむ

國學院大學戦歿院友学徒遺稿追悼集

[監修]
大原康男

展転社

國學院大學渋谷校舎（昭和 10 年代）
① 神殿　②本館　③根津記念図書館　④振武館・剣道場　⑤柔道場　⑥木造校舎
⑦弓道場　⑧大講堂　⑨氷川神社（空襲による建て直しで現在と向きが異なる）
⑩運動場　⑪温故会館　⑫全国神職会館（戦後は神社本庁。現在は代々木に移転）
⑬院友会館　⑭正門

國學院大學神殿（昭和10年）

現在の神殿

予科軽井沢野営演習（昭和16年9月）

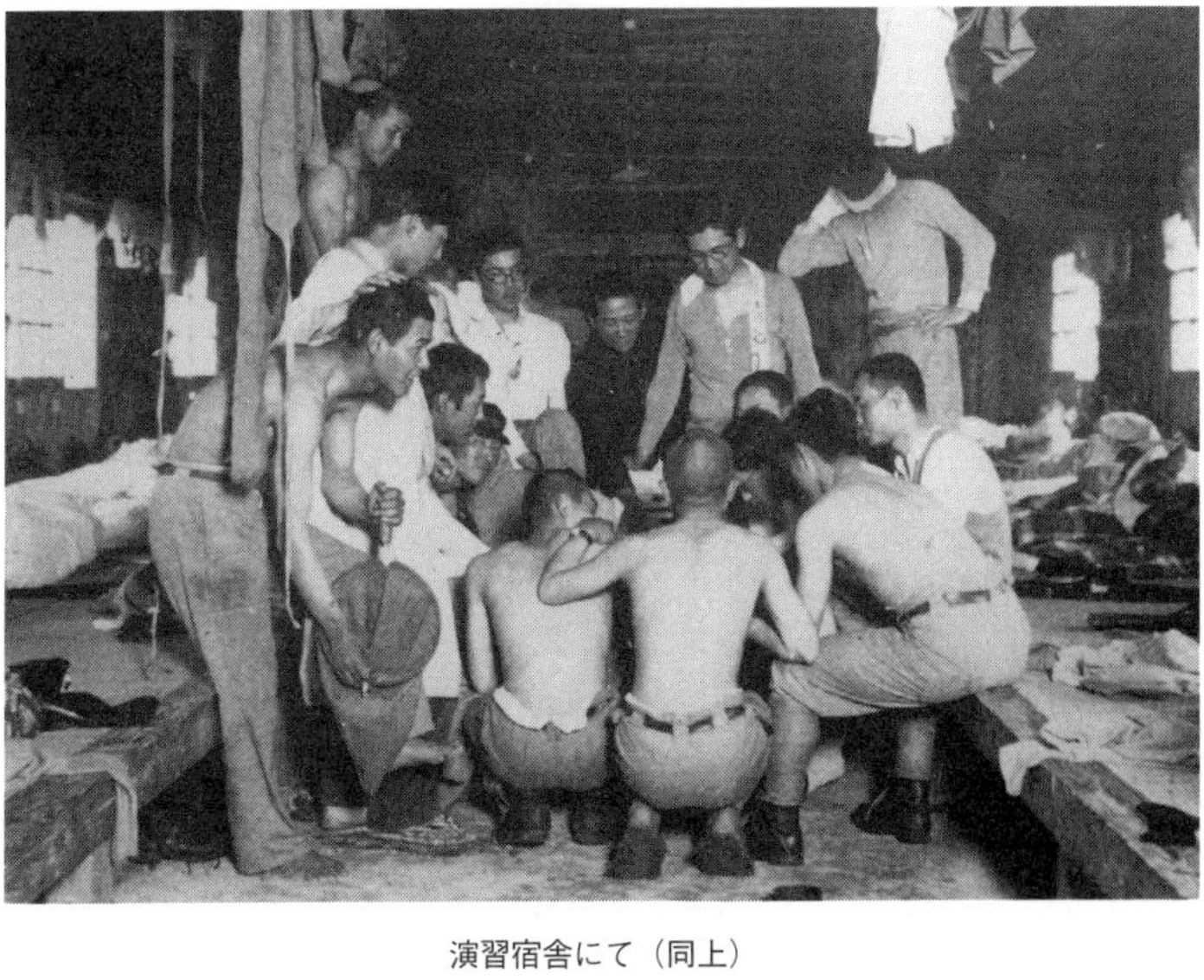

演習宿舎にて（同上）

ある日の講義風景

運動場での軍事教練

大講堂における吹奏楽演奏会

運動会（深沢運動場）

学徒慰霊之碑除幕式（昭和 43 年 5 月 1 日）

現在の学徒慰霊之碑

第 30 回戦歿先輩学徒慰霊祭（平成 12 年 10 月 14 日）

懐かしき面影

佐野又治命
南満洲の地にて昭和20年8月13日応召、妻アキと二人の幼子を残しソ連・チタに抑留される。21年2月15日、厳寒のなか重労働と栄養不良により戦病死。終戦後の暴動で遺品は何一つ残らず。ただこの写真あるのみ。陸軍上等兵、歩兵第241聯隊、昭和21年2月15日、ソ連ガダラ地区第518労働大隊収容所歿。44期国史学科卒。

那羅尾種雄命（中央）昭和17年1月下旬、出征を前に妹ツル（左）と友人たちに囲まれて（東京渋谷、東横デパート裏口にて）

昭和16年10月末の富士演習の折、御殿場駅に帰京を急ぐ神道部全員。向かうの列前から二番目が那羅尾種雄命

齊藤正雄君出征記念撮影。昭和14年4月、國學院大講堂入口にて撮影。前列右から四人目、眼鏡を掛けたのが那羅尾種雄命（50期神道部卒）

告諭

皇典講究所假《かり》建設成ル　茲《ここ》ニ良辰《りょうしん》ヲ撰《えら》ビ本日開黌《かいこう》ノ式ヲ行《おこな》フ　熾仁《たかひと》
總裁ノ任ヲ負ヒ親《したし》ク式場ニ臨ミ職員生徒ニ告グ
凡《およそ》學問ノ道ハ本《もと》ヲ立ツルヨリ大ナルハ莫《な》シ故ニ國體《こくたい》ヲ講明シテ以テ
立國ノ基礎ヲ鞏《かた》クシ徳性ヲ涵養《かんよう》シテ以テ人生ノ本分ヲ盡《つく》スハ百世易《か》フ
ベカラザル典則ナリ而《しか》シテ世或ハ此《ここ》ニ暗シ是レ本黌ノ設立ヲ要スル所《ゆ》
以《えん》ナリ
今ヨリ後職員生徒此ノ意ヲ體シ夙夜《しゅくや》懈《おこた》ルコト無ク本黌ノ隆昌《りゅうしょう》ヲ永遠
ニ期セヨ

明治十五年十一月四日

一品《いっぽん》勲一等有栖川熾仁親王

國學院大學校歌

芳賀矢一　作詩
本居長世　作曲

一
見はるかすものみな淸らなる
澁谷の岡に大學たてり
古へ今の書《ふみ》明らめて
國の基《もとゐ》を究むるところ

二
外《と》つ國々の長きを採りて
我が短きを補ふ世にも
いかで忘れむもとつ教《をしへ》は
いよゝみがかむもとつ心は

三
學のちまたそのやちまたに
國學院の宣言高く
祖先の道は見よこゝにあり
子孫の道は見よこゝにあり

芳賀矢一作詞
本居長世作曲
Allegretto (♩=160)
みはるかすものみなきーよーらなる
しぶやのおかにたい
かくたてり
いにしえいーーーまのふみあき
らめてくにのもといをきわむーるーところ

（作詞者は元学長、本学中興の祖。
作曲者は本居宣長の系譜に連なる、童謡作曲家）

目次

國學の子我等征かむ

学徒出陣――あの時代の若人の情熱と決意　15
遺稿Ⅰ　31
留魂録　32
香取光清命　47
木代子郎命　55
西岡作郎命　69
矢野幾衛命　72
遺稿Ⅱ　75
石森文吉命　77
久保大命　79
篠原直人命　84
白石理一郎命　86
関根滋命　91
竹田正徳命　93
多田改造命　97

立元洋命 102
手塚顕一命 105
永野偶命 111
二宮頴命 114
深瀬文一命 116
諸井國弘命 118
山川弘至命 130
山口輝夫命 139
追悼 143
戦歿同期生追悼詞 145
関根清丸命を追憶して 150
國弘を憶ふ 162
解説 166
資料 177
あとがき 203

凡　例

一、仮名遣ひに関しては、伝統を重視し正仮名遣ひ（歴史的仮名遣ひ）に統一した。

一、漢字の用法に関しては、読み易さを重視し現行の漢字表記とした。但し、固有名詞と告諭・校歌については正漢字を主とした。

一、適宜付した振り仮名に関しては、字音語のみ表音表記とした。

一、遺稿や追悼文等は原則的に原文を尊重したが、明らかな間違ひや意味の通じ難い表現に関しては、最低限の訂正をした。

学徒出陣
――あの時代の若人の情熱と決意

我が国がかつて総力を挙げて戦つた大東亜戦争では、國學院大學からも多数の学徒が決戦の陸海空へ出陣していつた。しかし、この学徒出陣に関する資料は残念ながら非常に少ない。出陣して行つた学徒の数や戦死者数すらも正確に把握することが出来ない状況である。

このやうな中、当時の経緯を知ることができる貴重な資料が、これから引用する『國學院大學八十五年史』（昭和四十五年、同編集委員会刊）の一文である。この引用文には、出陣学徒のために挙行された軍神祭の祝詞や壮行会に於ける式辞（学長、在学生、出陣学徒）など、当時を理解する上で重要な原資料が含まれてゐる。当時の状況に真正面から向き合ひ、「国学の子」として戦つた学徒の真精神を誤りなく伝へるためにも、本資料は重要と考へ、冒頭に引用することとした。

尚、引用末尾に掲載してゐる写真は、当時戦地にある教へ子に宛てた佐佐木学長からの絵葉書であり、初公開のものである。引用文と合せて御覧いただきたい。

学徒出陣

戦局は昭和十八年に至つて愈々《いよいよ》重大化した。我が国は国家総力戦の態勢を益々強化して絶対不敗の体制を確立する必要があつた。学園もまたこの外に置かれるものではなかつた。同年六月二十五日政府は「学徒戦時動員体制確立要綱」を決定し、行学一体の決戦即応の態勢を整備し、学徒の勤労動員体制を強化したが、九月二十二日、更に政府は国内態勢強化方策を発表し、尋《つ》いで十月十二日には「教育に関する戦時非常措置方策」を公布し、法文科系の大学・専門学校学生々徒の徴兵猶予を停止し、且つその学生数の半減を決して全面的な学徒動員を決定したのであつた。（註　十月一日「在学徴集延期臨時特例ニ関スル勅令」）

我が学園に在つては、予《か》ねて非常の時を覚悟してゐたが、既にしてこの告示があるや、最早筆硯《ひつけん》を捨て、戎衣《じゅうい》を着する時至るとなし、十月二日午前十時より大学部の全学生は自発的に大講堂に集会し、学徒出陣に対する國學院大學生の決意を固めた。国民儀礼の後、三年生田崎正君が立ちて「我等に國學魂あり」と絶叫し、熱血たぎる誓詞《せいし》を朗読し、聖寿《せいじゅ》の万歳を奉唱し、誓つて米英を撃滅する覚悟を披瀝《ひれき》した。尋いで配属将校佐藤正鵠大佐の時局講話があつて散会した。越えて同九日には国文学会が主催して学徒出陣記念講演会を開き、金田一京助・折口信夫・武田祐吉の三教授が出席した。

当日は雨天ものかは、定刻前より既に大講堂は立錐《りつすい》の余地なくうづめつくした聴衆の拍手に迎へられ、金田一教授の次に演壇に立つた武田教授は、「門出の歌」の題下に我が言霊《ことだま》の伝統にいみじくも咲き香る門出の歌の歴史を説き、多大の感銘を与へ、更に折口教授は「若き神」と題し、現人神《あらひとがみ》の意義を詳細に述べ、今や征かん哉と、その決意に燃える若き神兵はその自覚を新にしたのであつた。かくて堂内に満ち〳〵た感激の渦巻は「海行かば」の大合唱となり、夕闇迫る窓外にこだまする裡《うち》に午後六時、学徒出陣を記念する意義深い講演会の幕を閉ぢたのであつた。

而《しか》して我が学生生徒は、予《か》ねて覚悟した出陣の日も近づいたので、十月十四日午前八時より大講堂に於て、軍神祭並に壮行会を挙行し、出陣する学徒の武運長久を祈つた。式は荘厳なる奏楽の裡に修祓《しゆばつ》の儀につゞいて天照大神《あまてらす》・大国主神《おほくにぬし》・武甕槌神《たけみかづち》・経津主神《ふつぬし》を神床《かむどこ》に招《を》き奉《まつ》りて神饌《しんせん》を供じ、幣帛《へいはく》を奠《てん》じた後、斎主《いはひぬし》千家尊宣教授が神前に進みて左の祭詞《さいし》を奏上した。

軍神祭々詞

是《これ》の講堂を斎場《ゆには》と祓《はら》ひ清め　神籬《ひもろぎ》立て招き奉り　鎮め奉る掛巻《かけまく》も恐《かしこ》き天照大御神・大国主神・武甕槌之男神・経津主神四柱の神等《たち》の大前に　斎主國學院大學教授千家尊宣恐《かしこ》みも白《まを》

さく
天皇陛下の大命を以て米国及英国を打罰《うちこらし》め給ふと　皇師征《もと》め給ひしより以来　東に西に勝進みて有る中に　戦は愈々《いよいよ》激しく成り増りて　今将《ま》た御国を挙《こぞ》りて全て此戦争に尽くす可き日の来向ひ　今度は大学専門学校の学生等の徴兵検査延期てふ事も止められて　適齢に当れる人等は皆　悉《ことごとく》に戦場に出向ふ事とは成りぬ　故《かれ》此國學院大學にしても　千人が中の六百人の学生等は規則の随々《まにまに》間も無く徴《め》されて伊行征《いゆきゆか》むにより　今日と云ふ今日　皇典講究所・國學院大學相謀りて大神等《たち》の御前に　此事の由を奏上げ　此人々等に広き厚き恩頼《みたまのふゆ》を蒙《かがふ》らしめ給はむ事を祷《ね》ぎ乞《こ》ひ祈《の》み奉り　更に又壮行の会をも執行《とりおこな》ふ事とは成りぬ　故劣《つたな》き身に斎主仕奉《つかへまつ》る御前の事共治め奉りつゝ、　熟々《つらつら》に顧み思へば　是の皇典講究所はしも　恐き明治天皇の御内旨により一品幟仁《いっぽんたるひと》親王が事総《たばね》て初め給ひ　其の究む可き目標も其進む可き行手も　只是皇国の御国体を明め　皇御民《すめらみたみ》の道を真明《まさや》かに悟り　定かに踏行はむ一事にて我國學院大學はしも　此教学を説き明して五十年に余る春秋を来経《きへ》重ね　已に学卒たる人も万の員《かず》に数へつるを　今日し斯く御国肇《はじ》められてより此方例無き此大国難に遭ひて想へば実に此日の為にこそ皇典講究所は有りつれ　寔《まこと》に今日の此時の為にこそ　我國學院大學は樹《た》てられつれ　されば此学園に関係有る人々にて已に靖國の神と神昇り坐ししも少からず　尚今の現《うつつ》に戦場に戦ひつるも多《さは》なれ共　別て此六百人の人等が為には軈《やが》て伊行き闘はむ海も陸

地も大空も　是即ち今の教室に異なる事無く　理《ことわり》の任《まけ》に今より後　何れの所に在らむも　如何なる機に逢はむも　予《かね》ての先生の教訓を守り　祖先等の道は是吾が踏む可き道　吾が道は是子孫の守る可き道と　此渋谷の丘の朝夕に歌ひ慣ひし其日本の御民の道を身に染めて伊豆《いつ》の雄叫び踏み健《たけ》び　仇なす敵を打砕きて功勲《いさをし》高く立顕《たちあらは》さしめ給ひ　各《おの》も各も其心をも身をも健《すこや》けく守り導き幸へ給へと　是の斎場に集《うごなは》れる者共　入紐《いりひも》の同し心に乞ひ祈み拝《をろが》み奉らくを　大御心も欣しと所見相諾《あひうべな》ひ給へ

故《かれ》斯く乞祈み奉るに付ても　所長・学長を始め　理事・職員及教授・講師の人々は申すも更なり　残りて有らむ学生等《ら》も亦《また》相共に弥々《いよいよ》心を潔めて　聊《いささか》も枉心《まがごころ》有らしめ給はず　各が自々《じじ》其任の愈々益々皇典講究所・國學院大學の本分を親王尊《しんのうのみこと》の御旨《みむね》に神習ひ奉りて　慎み仕へ励み尽さしめ給へと　礼代《ゐやしろ》の物捧げ進め奉りて恐《かしこ》み恐みも乞ひ祈み拝み奉らくと白《まを》す

（國學院大學新聞）

満堂感激に打ち震へる中に、更に教務課長事務取扱石川富士雄氏は、国務の為に臨席が出来ぬ佐佐木学長に代つて壮行の辞を読んだ。

國學院大學学徒出陣壮行式・壮行の辞

わが愛する国学の子がこぞつて、愈々　大君の御召《おめし》を仰ぎ戴かうとしてゐる今、六百の若桜を決勝の戦陣に送り得る光栄を担ふ本学は、全学を挙げて茲《ここ》にその門出を祝ひ、その行を壮にしようとするのであります。

唯今、将に御召を戴かんとする諸君の武運を祈願する荘厳な祭典が執り行はれ、かつて知らぬ感激を覚えた次第であります。即ち国学の学徒六百は、国学の実践を期して勇躍征途《せいと》に立たうとする、これを送る師は、又精魂籠めて神々の大前《おほまへ》にその武運の隆昌を祈りまつられたのである。伶人《れいじん》の奏する荘重な楽の音は満堂に流れて、神厳の気、今なほただよふ。かかる国学のえにしに相結ばれた師弟の道の尊さに、いつ知らず目頭の熱くなるのを禁じ得なかつたのであります。

　かへらじとかねて思へば梓弓《あづさゆみ》亡き数に入る名をぞ留むる

矢立《やたて》の筆をとつて、如意輪堂《にょいりんどう》の白壁に辞世の一首を書き留めたといふ、小楠公《しょうなんこう》の颯爽《さつそう》たる姿をそぞろに憶《おも》ひ起す。正平三年吉野の行宮《あんぐう》に詔《みことのり》を拝するや、直ちに逆徒誅滅《ちゆうめつ》の新戦場に打つて出ようとした小楠公は、時に年漸く二十三であつた。今日六百年の時の隔りはあるが、小楠公がかの如意輪堂の白壁に留めた忠烈の魂は、生き生きて尚《なほ》私の目の前に千載《せんざい》の光輝《こうき》を放つてゐる。即ち今、私は目のあたりに六百の小楠公を見る心地が致すのであります。諸君は克《よ》く本学建学の精神を体し、国学の教へを遵奉《じゆんぽう》し、学窓《がくそう》数年、かねて今日の事あるを深くも相期して切磋琢磨し来つたのである。今日まで慕ひ仰ぐ諸教授の講筵《えん》に、或《あるい》は孜孜《しし》たる読書に、その叡智を磨き来つたのも、或は又昼夜をわかたぬ人格の陶冶《とうや》も、体力の錬成も、何れも皆決して徒に立身栄達を希《ねが》うたものではなかつた筈であります。学びの巷《ちまた》その八街《やちまた》に、國學院の宣言高く、祖先の道は見よ茲《ここ》にあり、子孫の道は見よ茲にありと、本学の校歌は、又本学の庭訓《ていきん》として、国学の子に一条清明の御民の道を教へて昭々《しようしよう》乎《こ》たるものがある。諸君は今、身を以て正にこの道を顕現しようとしてゐる。過ぎ来し年月、高き誇りをもつて戴き来つた国学の制帽を諸君はいま潔く母校に託し、莞爾《かんじ》として決戦の場に出で立たうとする。強き決意にその眉は秀で、顧みはせぬその瞳の色はあまりにも清く美しい。諸君の胸懐《きようかい》は、いま爽やかであらう。すがすがしいことであらう。その胸の奥底にこそ、小楠公の魂、燦《さん》としてかがやくのを見るのであります。

本学は発祥茲に六十有三年、一貫して国体の講明、道義の発揚《はつよう》に専念、学徒七千の育成に従ふ。即ち本学の歩み来つた所は、常に自ら皇国護持の重きに任じたのであるが、今、忽《たちま》ちにして国学の子六百　大君の御召を待ち奉る。この栄誉、この歓喜は何を以てか比《たぐ》ひ得られよう。言葉も無き次第であります。

学徒出陣、何といふ崇高な言葉であらう。何といふ力強い、何といふ逞ましい現実であらう。この大戦争を必ず勝ちぬくことは、固より一億同胞の確乎不動の信念であります。大《おほ》御稜威八紘《みいつはっこう》を光被《こうひ》し給ひ、愈々昂揚《こうよう》せらるる国民総力の結集は、たとひこの戦ひが終始鉄と血との激闘を繰り返すといへども、断じて勝つといふ、正しき結論を確く約束してゐる。況《いは》んや神州不滅の信条は、悠遠の昔、畏き皇祖の御神勅に本づくところ、真に天壌無窮《てんじょうむきゅう》の神の教へは万古《ばんこ》に亘《わた》り、儼《げん》としてわが皇国の前途を明かに照らさせらるるのである。事実、戦局の様相は日々夜々苛烈を極め、血戦又相次ぐとはいへ、今日まで戦へば必ず勝ち、攻むれば必ず敵を撃砕して来たのみならず、盟邦との団結は愈々鉄壁の陣を張り、本日は新にヒリツピンの独立を見、又ビルマは既に多年の宿願を果し、大東亜共栄圏の礎は、益々磐石の重きを加へ来つたのである。しかもこのとき、前古未曾有《みぞう》、学徒総出陣の壮挙を見る。茲に又、新に叡智優れたる精鋭無比なる部隊が組織せらるるのである。惟《おも》ふにこの学徒の新鋭部隊こそ、この大戦争決勝の鍵を握るものに非ずして、果して何であらう。即ち諸君は敵米英に最後の止めを刺す重大なる使命をもつて起つこととなつたのである。

征け、戦雲渦巻く大陸の原野に。進め、爆音轟々《ごうごう》として荒潮吼《ほ》ゆる大洋の果てに。やがて新なる戦場がいづこに展開せられようとも、諸君の征くところ、学徒部隊の銃剣冴ゆるところ、必ず敵撃滅の凱歌は天地を揺がし、また遠く祖国にこだましては、これを翠《みどり》濃き大内山の雲井の奥にも聞え上げることこそ、諸君の本懐であらうと信ずる。知るべし、いま一億の期待は、ことごとく諸君の忠魂の上に懸けられてゐる。諸君、斃《たふ》れて已《や》まず、断じて学徒部隊の名を辱かしむることなかれ。

私共もまた、既に戦ひの真只中に立つてゐる事を深く自覚してゐる。送るもの、送らるるもの、両者何れも今は戦ひの場にあるのだ。相共に生死を超えむことを期し、いま私共は、出で征く諸君の武運のめでたさをひたすら祈つてやまないのである。見られよ、諸君が日頃敬慕し来つた先生方の御顔を。皆斎《ひと》しく子弟出陣の佳き日を寿《ことほ》ぎ、その武運の上に大いなる幸あれと祈り給ふ。しかもその温きまなざしの奥深くには、なほ湧くが如き何物かをたたへて居られるではないか。

思ふても見よ、祖国決勝の晴れの出陣である。しかも年若き叡智の総出動ではないか。わが皇国の歴史に花と咲く吉野朝の忠臣、維新の志士達の、神の如き面を霑《うる》ほした憂国の悲涙と同じきものを、今ここに見る。まことや、日本のみの知る涙なるかな。しかもこの至誠の涙のなかにこそ、国体護持の精神は沸《たぎ》り立ち、戦ひ勝つ、真の底力は湧き出づるのである。又国学永遠の交りも、ここに愈々強く堅く相結ばれて不滅の光芒《こうぼう》を放つ。諸君は業半ばにして、いま俄《には》かに学舎の門を去る。諸君は学問を懐にして戦場に赴くのである。爾今《じこん》、砲煙弾雨の戦場は、即ち諸君の教場だ。今日よりは顧みなくて征で立つ諸君、諸君の国学はこれを敵弾雨飛の中に於て玉成せよ。私共は又、各々国家の命ずる所に立ち、愈々国学の道の体認を期することを誓ふものである。かくて千里の外、共に相呼応して国事に身を捧げようではないか。

銘記せよ、日本人は国の為に生まれ、国の為に生き、国の為に死す。この日本人本来の死生観に徹するところ、国学の大道は堂々天地の間を貫く。

出陣の諸君、諸君が他日戦野の暁に故国を偲ぶ時あらば、諸君が今日まで朝に夕べに参拝し来つた母校の神殿を遥かにをがみたまへ。征野に月皎々《こうこう》たる夜あらば、この講堂の壁間に掲げまつつた、高貴の御写真は申すも畏し、我等の師父たる国学先人のおもかげを、君達の瞼《まぶた》に浮べよ。

六百の諸君、御民《みたみ》第一の御奉公である。共にほほゑみて相訣《わか》れむ。さらば出で征く諸君、国学の校旗を仰ぐは、これが最後ぞ。今日こそ心より歌へ、海ゆかば。若桜の絶唱。さらば諸君、我もまた餞《はなむ》けん歌一つ。

しづたまき数ならぬ身も時を得て天皇《きみ》がみために死なむとぞ思ふ

回天維新の天業の蔭に、欣《よろこ》んで護国の鬼となつた草莽《そうもう》の青年、児島草臣《くさおみ》留魂のこゝろであります。

昭和十八年十月十四日

國學院大學長　侯爵　佐佐木行忠

（國學院大學史料）

真に国家の前途を思ひ、愛弟子を戦場に立てる師父の情、切々として満場の心を打つたのであつた。

尋いで配属将校佐藤大佐の我が子を送るが如き心情溢《あふ》るゝ壮行の辞があり、次に在学生の総代が熱血を絞つて次の壮行の辞を述べた。

学生壮行の辞 （総代岡本太郎［学一］註　学部一年のこと）

大命を畏《かしこ》み、決然立つて大皇戦《おほみいくさ》に馳《はせ》参ぜんとする吾兄、吾友よ。兄らの出陣の心情を真に欣《よろこ》ぶ者、正に吾らを措いて他なし。吾ら又断じて兄らに後《おく》るるものにあらず。吾らが魂は常に兄らと形影相伴《けいえいあひとも》なひ、共に夷敵を撃攘《げきじよう》せんとす。即ち兄ら戦ふ秋《とき》、又吾らも戦ふなり。誓つて悠久の大義に生きんとするのみ、何ぞ玉砕の期を選ばんや。偉なるかな、兄らつとに尊皇の学につき、今や将に攘夷の行に連らんとする。あゝ、思ふべし、益良夫《ますらを》の本懐こゝにきはまりたるを。いざさらば魁《さきが》けて国学の書を胸にいだき、敢然大君の兵たらん。兄ら皆之ことごとく神州護持の任にあるもの、国学の子は国学の実践を期して遂に立つ。桜咲くくにの子は時来らばその花のごとく美しく散らんのみ。兄らいよ〳〵万邦無二の臣子たるにめざめ、まことに国学の真髄に徹せられよ。

断乎と征け。断乎と撃て。

いざ莞爾として靖國の神と生きよ。国学の魂は永遠不滅なり。吾らもまた兄らの後に続かん。

昭和十八年十月十四日

（國學院大學史料）

かくて出陣学徒の代表が立ち、青春の眉深く一死奉公の決意を示し、毅然として恩師、後輩の壮辞に答へた。

出陣学徒誓詞（田崎正〔学三〕）

畏くも大東亜戦争宣戦の大詔を拝してより将に二年に垂《なんな》んとする今日、忠勇無比なる皇軍の戦果は広袤《こうぼう》幾千里の大陸に、洋上に燦として輝き、世界を瞠目《どうもく》せしむるもの有りと雖《いへども》、物によりて神州を犯さんとの野望を逞《たくま》しうする宿敵米英の反攻は、いよ〳〵熾烈の度を加ふ。この時、国内必勝態勢強化方策の一連関として、吾ら学徒もまた徴兵猶予の停止をみたり。先に一部の学友を海鷲・陸鷲として空の決戦場に送りたる吾らも、いよ〳〵蹶然起《た》つて祖国の難に赴くの日は来れり。

万邦に比類無き皇国に生を享けたるの吾ら学徒の喜び、これに過ぐるもの有らんや。顧みれば、吾ら皇国の真髄を体得し、世界に闡《せん》明せんと欲して霊峰不二の雄姿を望むこの若木台の学舎に集ひ来りてより幾年かを経たり。その間、学長、理事先生をはじめ、幾多諸先生の御懇篤《こんとく》なる御指導を辱《かたじけな》うし、誠に感謝に堪へざるものあり。然れどもその御恩に報ゆるの日無きは遺憾とする所なれども、吾らは日頃の諸先生の御薫陶《くんとう》と母校の精神とをよく戦場に生かし、宿敵米英撃滅の一路を只管《ひたすら》に邁進せんとす。しかして今将に出陣の秋に際し、吾らの胸中一片の不安なく、一片の疑心なし。

身はたとへ南海の果てに藻屑《もくづ》とならんとも、将又《はたまた》暗雲低迷するヒマラヤ山脈に白骨をさらさんとも、唯吾らが魂魄《こんぱく》をば永世に皇城の辺に留んことを念ずるのみなり。

本日、この思ひ出深き大講堂において盛大なる入営学徒壮行会を開催さる。理事・先生、殊に後輩諸君の熱烈なる壮行の辞に対し、こゝに我らの決意の一端を述べ、誓詞となす。

昭和十八年十月十四日

（國學院大學新聞）

と、七生報国の誓を朗読し、続いて折口信夫教授が立ちて左の長歌を自ら誦唱し、愛弟子の壮行を祈つた。

折口信夫教授長歌及び反歌

國學の学徒の部隊《いくさ》たゝかひに　今し出《い》で立つ
國學の学徒は　若くいさぎよき心興奮《ほこり》に白き頬　知識に照り清きまみ　学に輝く。
いくさびと　皆かく若き　見つゝ　我涕《なみだ》流れぬ。
かくばかり　尊きことの、かくばかり　栄《はえ》あるわざに　若き世を　我や経にける
汝が千人《ちたり》　いくさと起たば学問は　こゝに廃れむ。汝《いまし》らの千人の一人ひとりだに生きて
しあらば、國學はやがて興らむ。ますら雄《を》のわかる、時は、ゑみつゝもわかるといふ
ぞ。汝が手を我に与へよ。我の手をきしと汝《な》はとれ。
國學の学徒は強し。いでさらば　今は訣れむ。

反歌

國學の学徒たたかふ。神軍天降るなし　まさにたゝかふ
たゝかへる　空に向ひてひたふるに我が若人は眦《まなじり》を裂く
手の本をすてゝたゝかふ身にしみて恋しきものは　学問の道

（國學院大學新聞）

それより参集の全員が国歌を奉唱した後、感激のうちに「海ゆかば」を斉唱し、斎主以下の玉串奉奠《たまぐしほうてん》、幣帛《へいはく》・神饌《しんせん》を撤し、昇神《しょうしん》の儀があり、荘厳なる軍神祭を終り、尋《つ》いで聖寿《せいじゅ》の万歳を唱へ、校歌を合唱して散会したのであつた。かくて我が国学の徒は、各学年ごとに「留魂録」を記して学舎を去り、敢然として米英撃滅の決戦場に向つたのである。

戦局の進展と共に同十八年十二月十二日には帝国在郷軍人会の分会が本大学内に発会し、東部兵務部長山口信一少将等が来席し、更に決戦の意を固めた。勇躍、学徒を東西南北の決戦場に送つた我が学園は、ひたすらにその武運の長久を祈るのみであつた。翌十九年八月二十日佐佐木学長は親しく香取・鹿島の両神宮に参拝し、皇軍の必勝と出陣学徒の武運とに熱祷《とう》を捧げたのであつた。而して両神宮の絵葉書を拝戴して帰り、出陣の教職員並に学生生徒、その家族に贈つて慰問し、その無事を懇祈《こんき》したのであつた。

（『國學院大學八十五年史』昭和四十五年、同編集委員会刊より）

佐佐木学長より送られて来た絵ハガキ
鹿島神宮（村瀬光男氏提供）

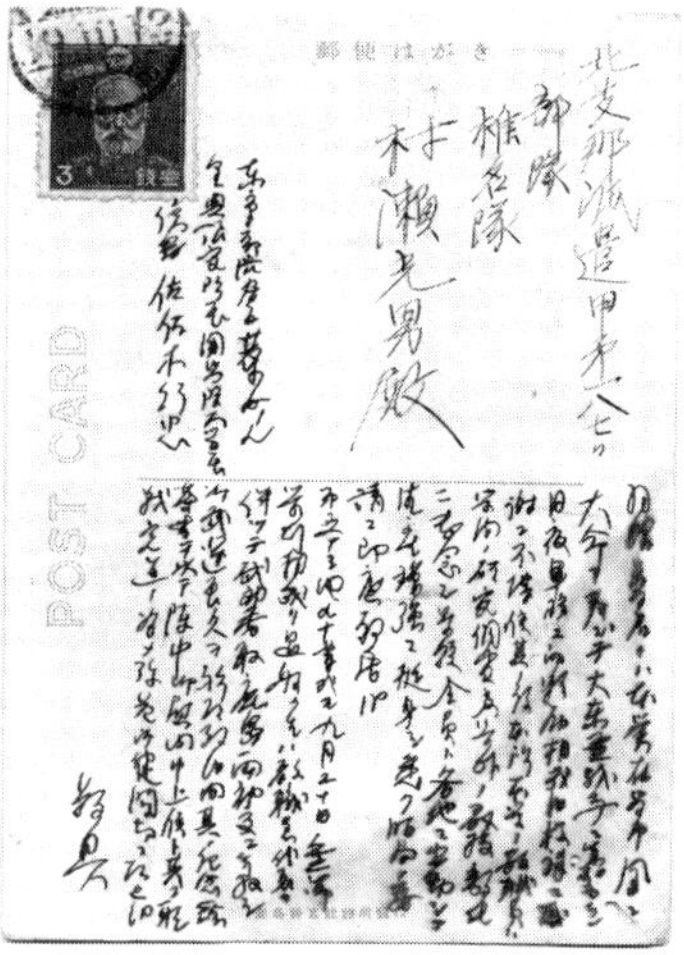

同上

遺稿 I

留魂録

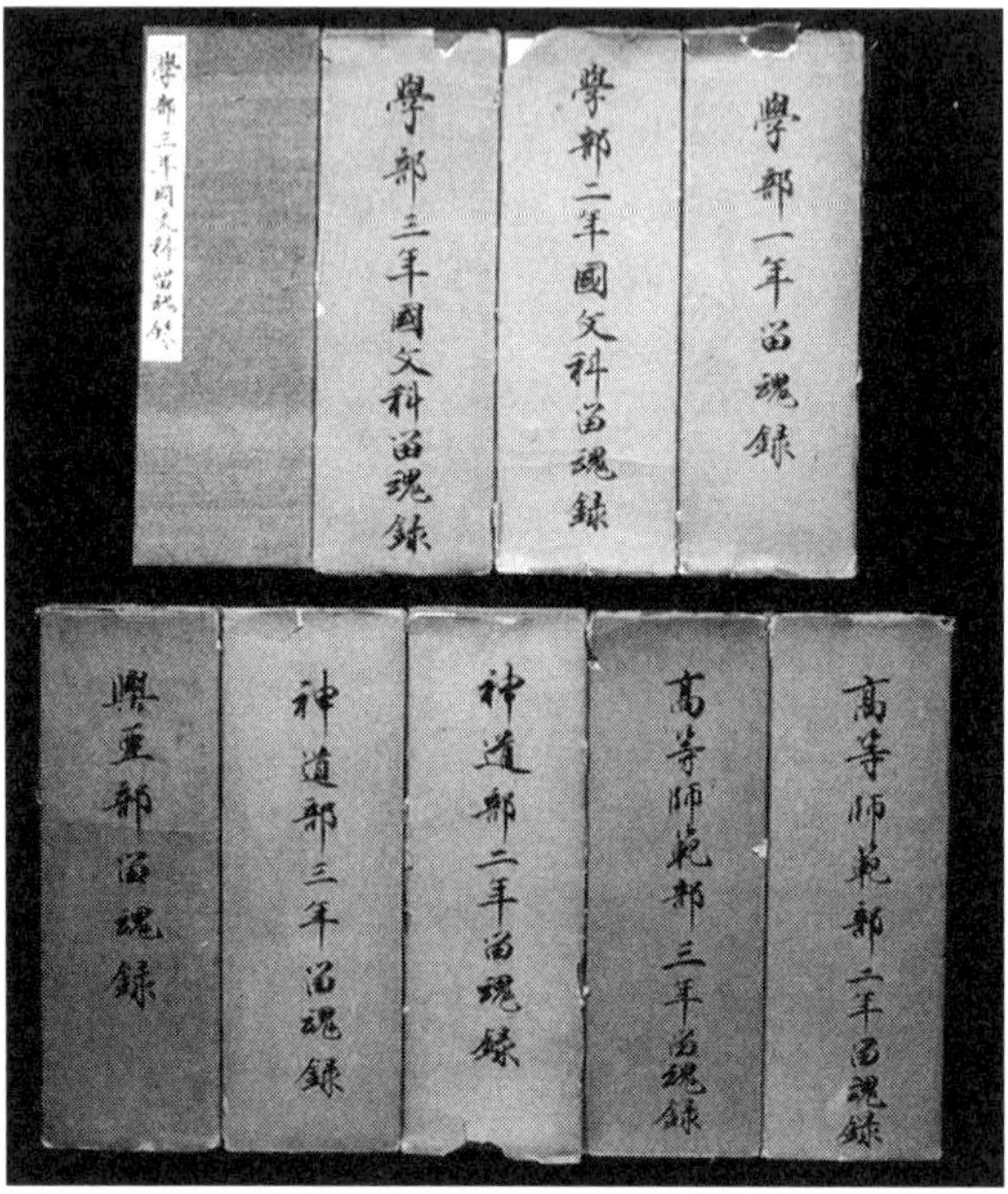

「留魂録」とは、昭和18年10月14日、國學院大學大講堂に於て「出陣学徒壮行会」が挙行された後、各学年ごとに別れ、母校に於る最期の言葉として出陣学徒自らが記されたものである。

壮行会中出陣学徒は、「…今将に出陣の秋に際し、吾らの胸中一片の不安なく、一片の疑心なし。身はたとへ南海の果てに藻屑とならんとも、将又暗雲低迷するヒマラヤ山脈に白骨をさらさんとも、唯吾らが魂魄をば永世に皇城の辺に留んことを念ずるのみなり。…」と自らの胸中を、熱烈たる決意の言葉で述べられた。

散会後、國學の徒は壮行会の熱気そのままに、敢然として米英撃滅の決戦場に向はれたのである。

天野火人命

陸軍少尉　第14方面軍教育隊　昭和20年7月28日、
フィリピン・ルソン島マウンテン州歿　53期神道部卒

牛島重信命
陸軍軍曹　特第3航空軍司令部　昭和19年12月5日、
「北緯18度53分、東経120度57分」バシー海峡歿　53期高等師範部卒

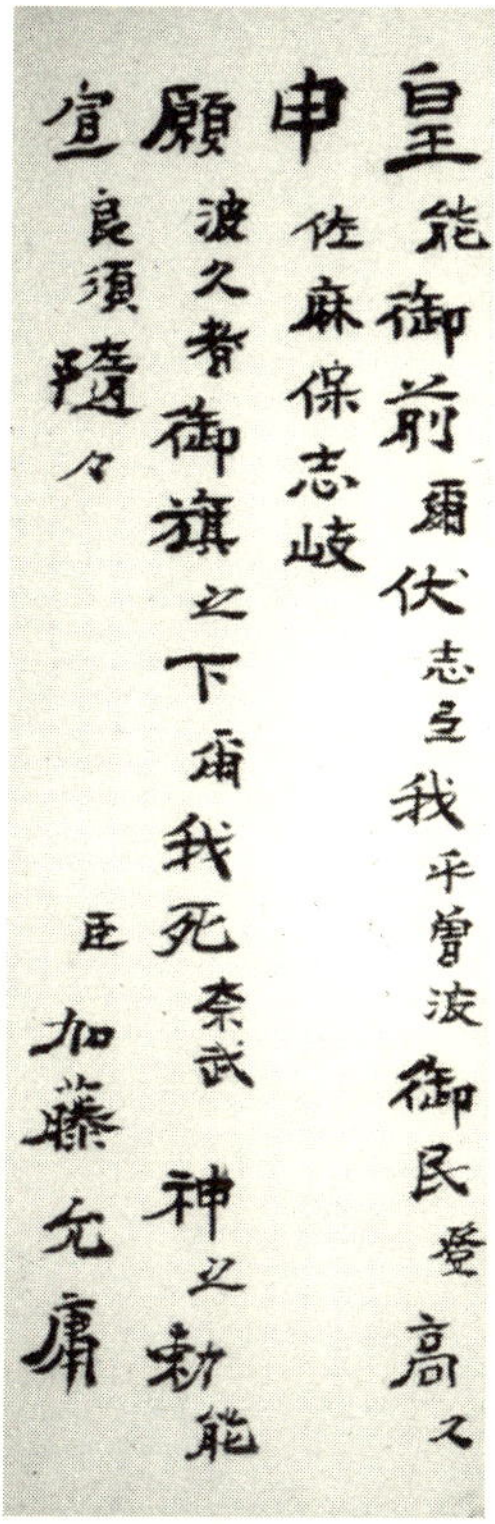
皇能御前爾伏志旦我乎曽波御民登高之
申佐麻保志岐
願波久者御旗之下爾我死奈武神之勅能
宣良須隨々
臣 加藤允庸

皇《すめらぎ》の御前《みまへ》に伏《ふ》して我《われ》こそは御民《みたみ》と高《たか》く
申《まう》さまほしき
願《ねが》はくは御旗《みはた》の下に我《われ》死《し》なむ神《かみ》の勅《みこと》の
宣《の》らす随々《まにまに》

加藤允庸命
陸軍少尉　海上挺進第15戦隊　昭和20年2月10日、
フィリピン・ルソン島マニラ東方ナスグブ沖歿　18年予科修了

加藤壽男命
海軍中尉　高雄海兵団　昭和20年1月8日、
本州南方海面歿　53期史学科卒

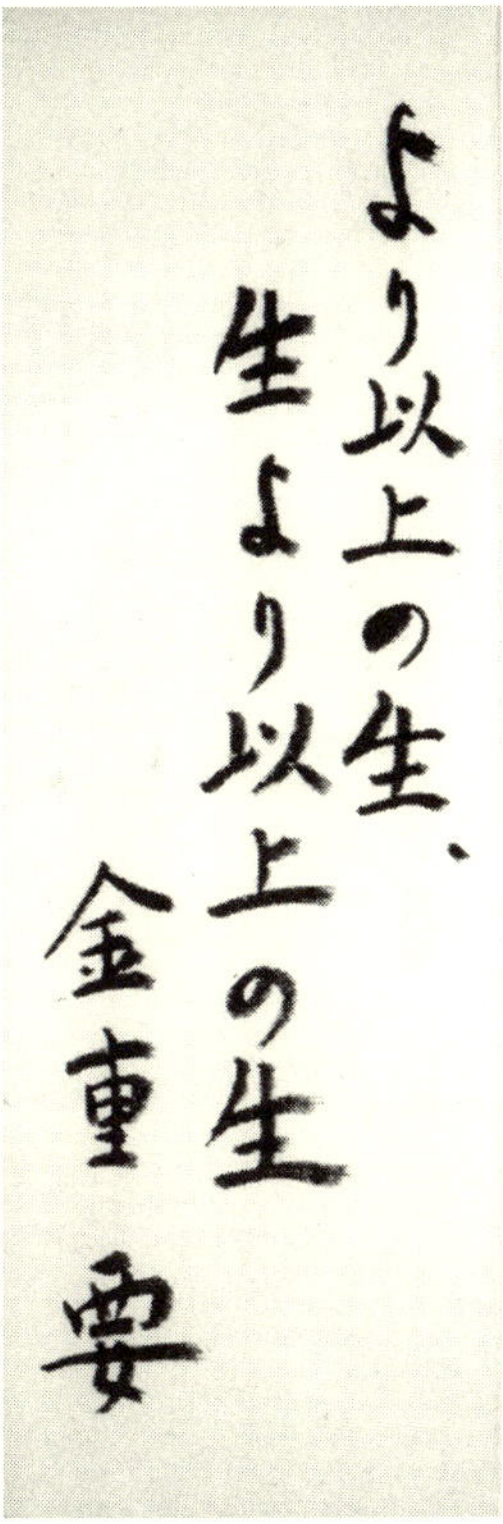

金重要命
陸軍軍曹　海上挺進基地第27大隊　昭和20年6月20日、
沖縄群島歿　17年予科修了

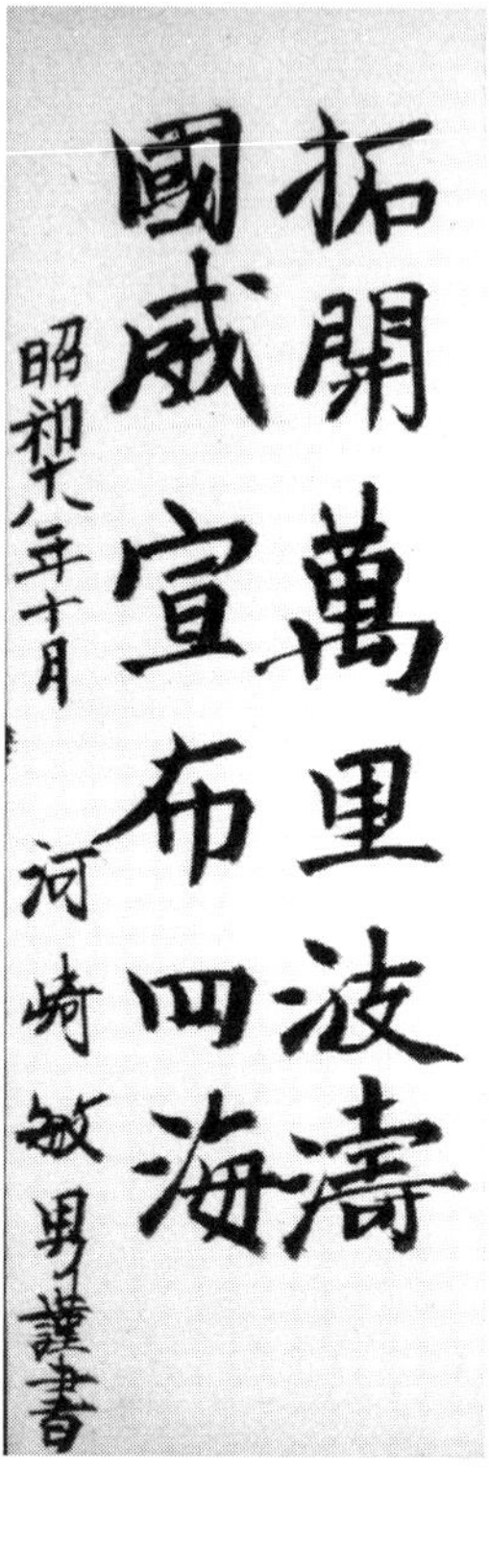
拓開萬里波濤
國威宣布四海
昭和十八年十月
河崎敏男謹書

河崎敏男命

陸軍少尉　第14方面軍教育隊　昭和20年7月13日、
フィリピン・ルソン島イサベラ州エケアゲ東方山中歿　53期国文学科卒

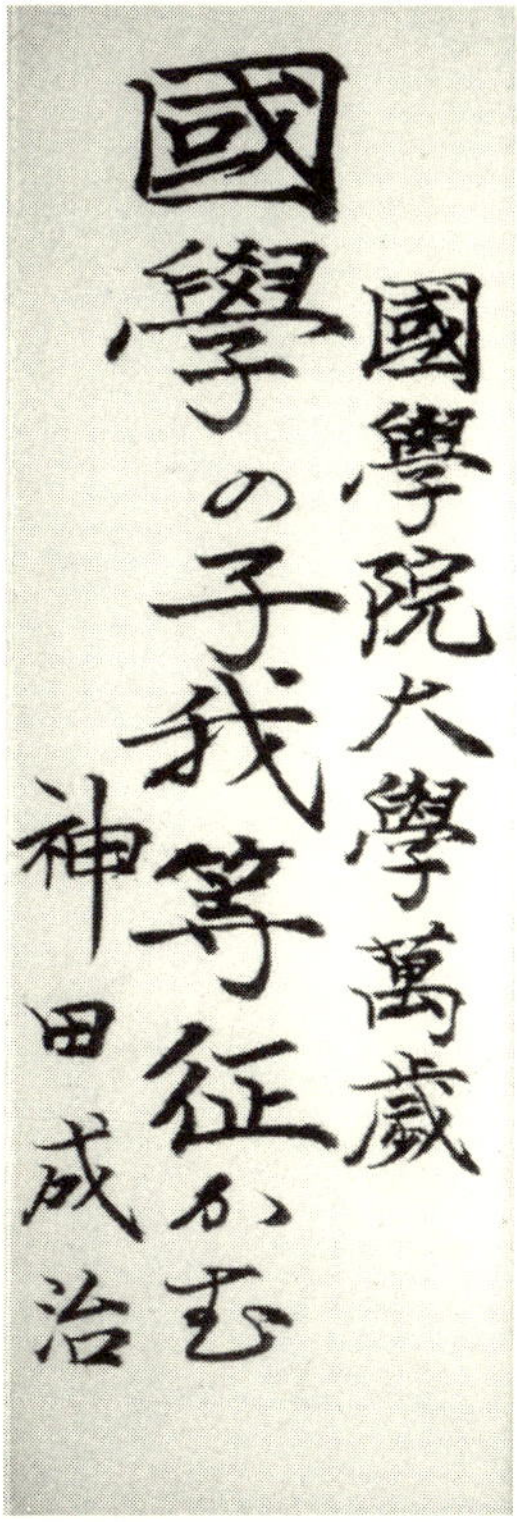
國學院大學萬歲
國學の子我等征かむ
神田成治

神田成治命
海軍上等兵曹　第１航空艦隊司令部　昭和20年４月24日、
フィリピン・ルソン島クラーク歿　53期国史学科卒

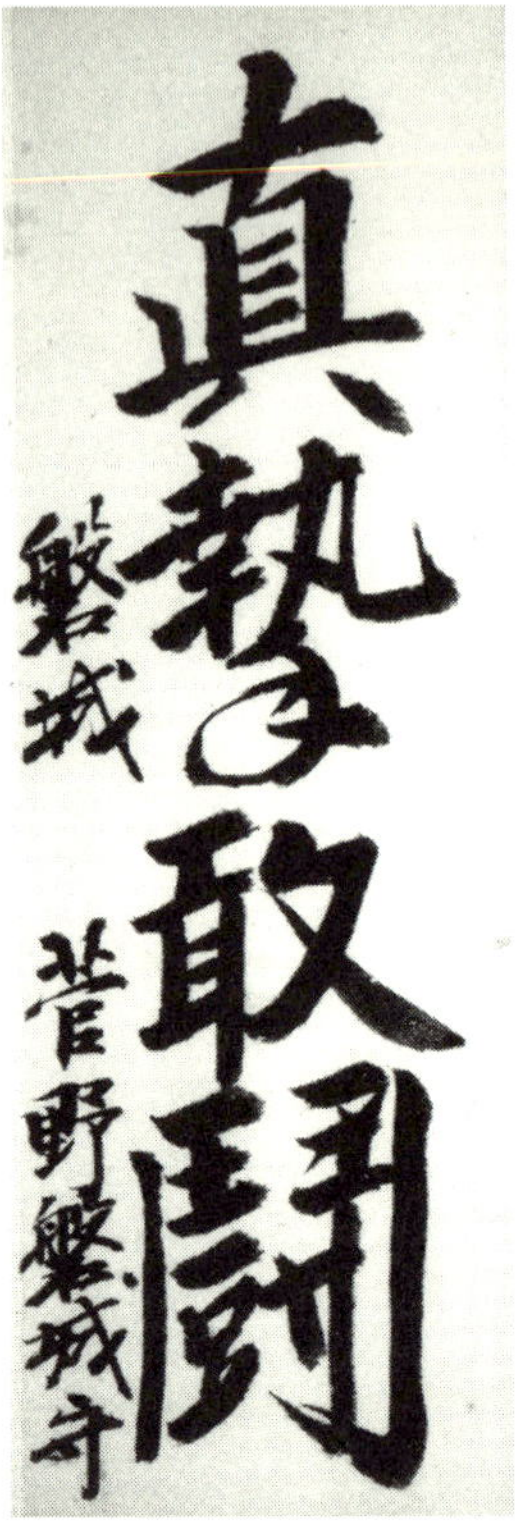

菅野武命
海軍少尉　第10根拠地隊　昭和20年1月8日、
台湾方面歿　53期興亜部卒

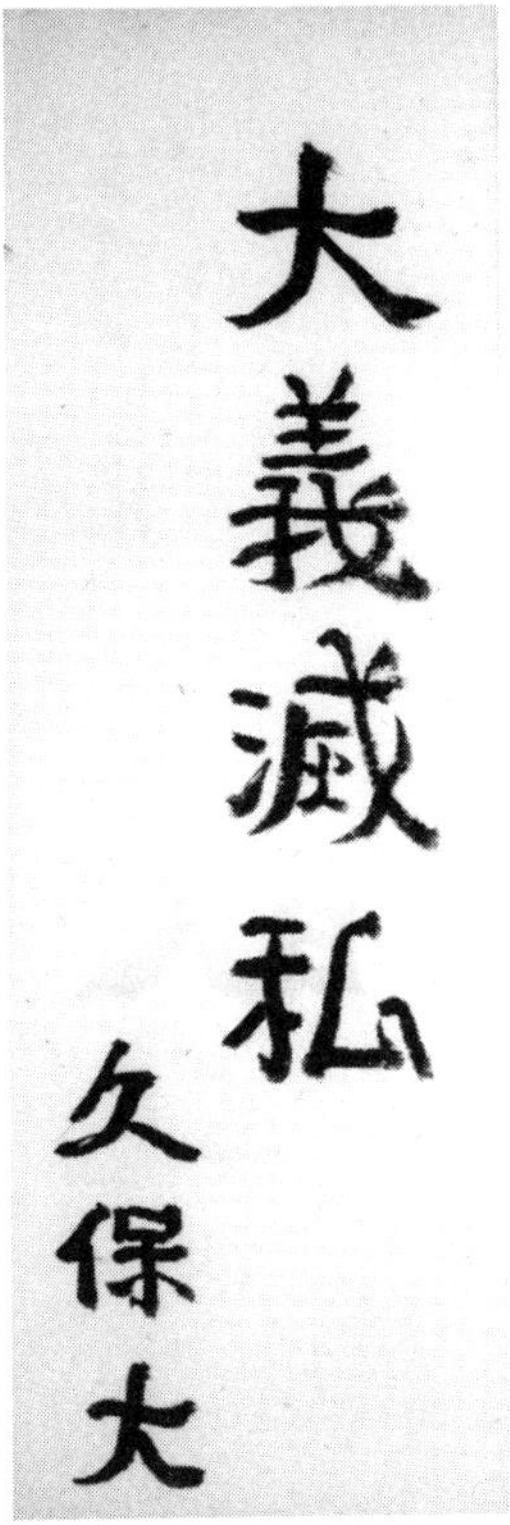

久保大命
陸軍曹長　船舶工兵第１補充隊　昭和20年１月30日、
フィリピン・ポロ島260高地歿　17年予科修了

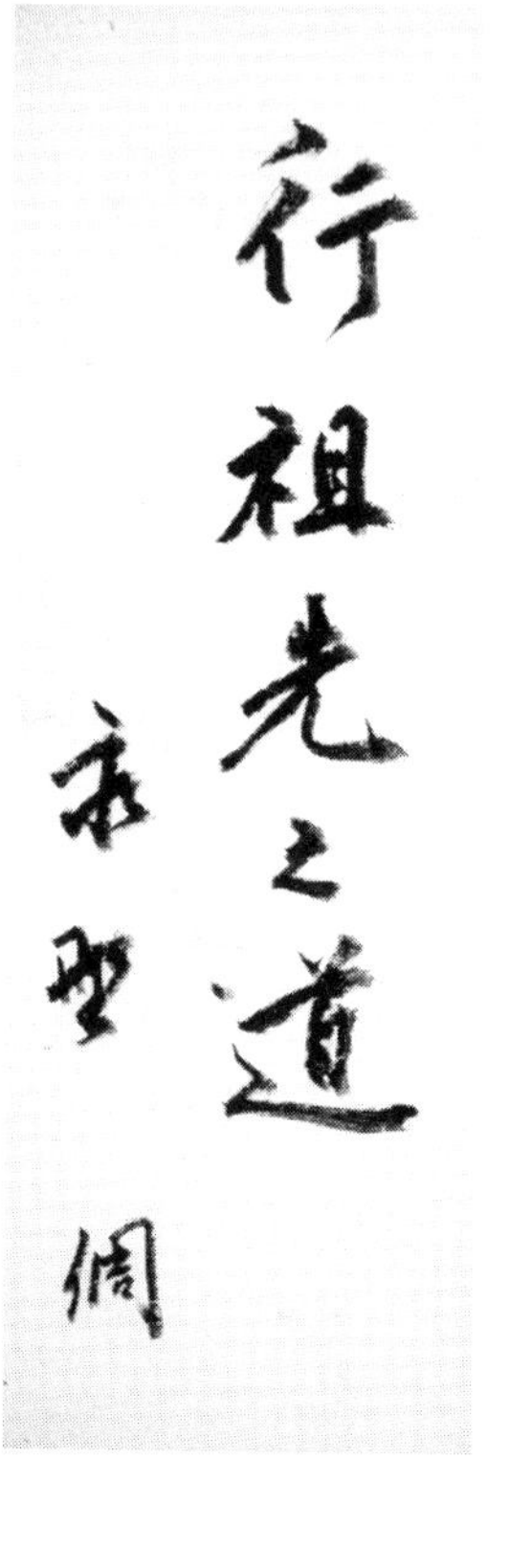

永野倜命
陸軍中尉　第136飛行場大隊　昭和20年9月1日、
フィリピン・ルソン島ヌエバビスカヤ州歿　17年予科修了

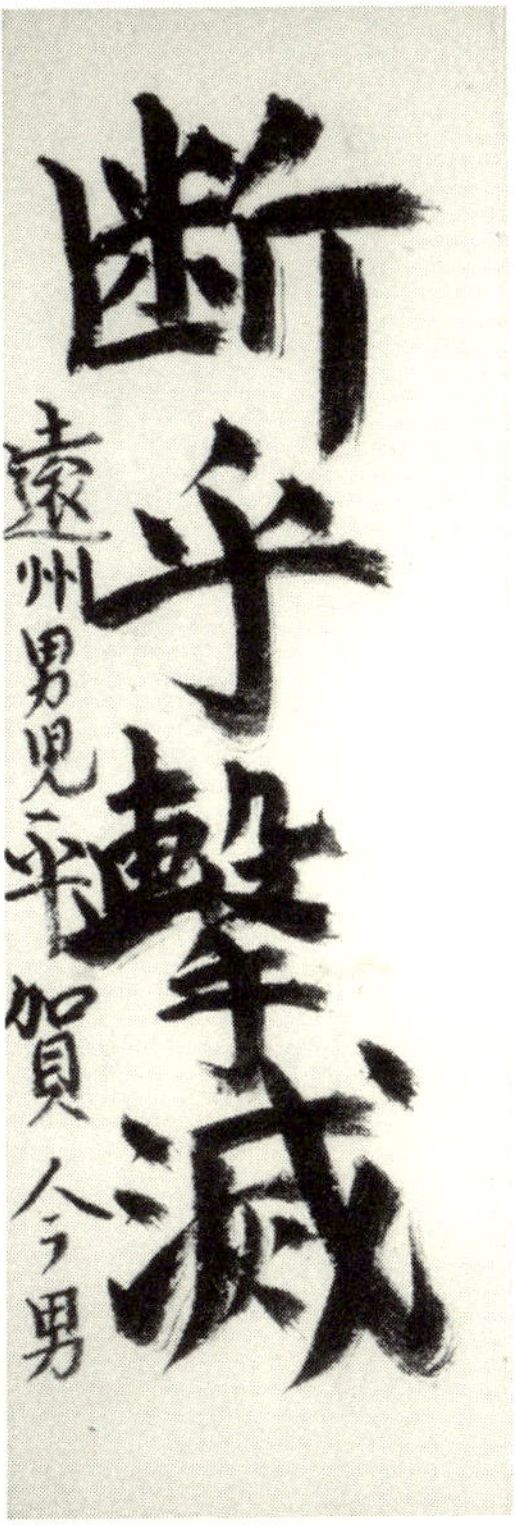

平賀今男命
陸軍兵長　歩兵第34聯隊　昭和19年12月8日、
支那・湖北省武昌県武昌陸軍病院武昌分院歿　53期高等師範部卒

松澤亨命
陸軍少尉　第22航空通信隊　昭和20年6月10日、
フィリピン・ルソン島パムパンガ州歿　18年予科修了

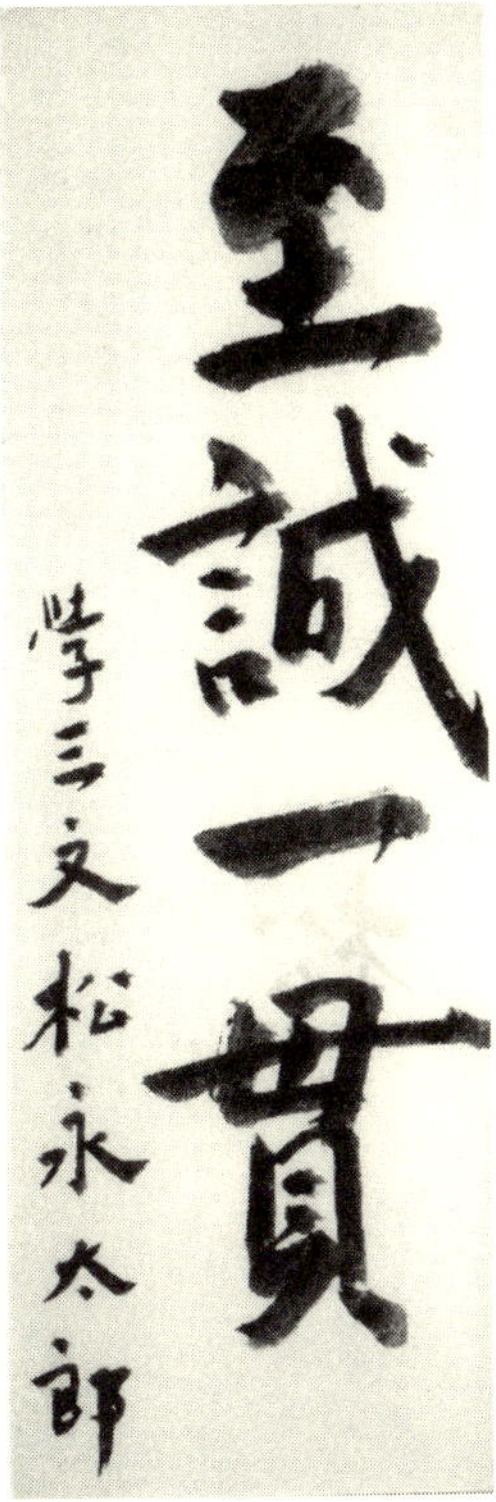

松永太郎命
陸軍少尉　不明　昭和19年10月18日、
フィリピン群島歿　53期国文学科卒

森下秀憲命
陸軍少尉　迫撃砲第17大隊　昭和21年8月29日、
岡山県上房郡高梁町大字松山歿　17年予科修了

香取光清命

陸軍兵長　第二十七師団歩兵第一聯隊　昭和二十一年一月二十五日、支那江蘇省上海歿　五十期神職養成部卒

思ひ出のまゝ

養成部　第二学年　二十三番　香取光清

日々我が皇軍は大御稜威《おほみいつ》の下戦局を拡大し日々席巻して今正に東亜の大拠点英の牙城シンガポールの陥落も正に目前に迫つた。実に皇軍の無比なる行動には感謝し、身もぞつとする様な神業があるのであると痛感した次第であります。

日々の新聞、ラヂオ、ニュースに報道せらるゝ如く息をもつかぬその早業《はやわざ》を、何んと見てよからうか、只、涙の出づるを感ずるのみ。私は去る六日、新聞紙上で見てつく〴〵感じた点であるが、バタアン半島に於ける敵陣に肉弾を以て突撃路を切開いたといふ記事。

敵は皇軍の肉弾突撃を極度におそれ、陣地を十重二十重《とへはたへ》に鉄条網で囲み、更に地雷を敷設して我が猛攻を阻まんとしてをり、皇軍勇士は一陣地毎に決死の爆破作業を敢行して敵陣を奪取した肉弾白襷《たすき》隊の奮戦記なりし。

（其の一）註　軍事上、秘匿する必要があるため、以下〇〇といふ記述になつた。

バタアン半島の西海岸を進む〇〇《ママ》部隊が敵陣地に遭遇した時、彼我《ひが》の間は約百米《メートル》。間断なく弾を降らせてゐる。この時浅野中尉以下〇〇《ママ》名の勇士によつて決死の白襷隊が組織された。星の降るやうな午前三時、浅野中尉は〇〇《ママ》名の勇士達に「みんな俺と生死を共にしてくれ」と冷酒を汲み交した後「万歳の声があがつたら突撃路が開いたと思つて下さい」と部隊長に報告し部下勇士を破壊班と突入班に分けて壕を這出した。や、暫くして突如轟然たる爆破の音響が揚り続いて突入の喊声《かんせい》が揚つた。「やつたぞ」部隊長が壕を乗出した時「万歳々々」といふ浅野中尉の声がする。

進撃だ。ワーツといふ喊声は破壊口から敵陣に殺到。約一時間に及ぶ死闘の後、敵陣は完全に我が手に帰したが浅野中尉の姿は見えない。完全に敵弾数発を受けて壮烈な戦死を遂げてゐる中尉を発見した。一発は咽喉《いんこう》部を貫いてゐる。而も敵弾は万歳を叫ぶ前に受けてゐるのだ。どうして塹壕《ざんごう》に突入したのだらう。万歳をどうして叫んだのだらう。正に神業だ。部隊長は中尉の遺骸をしつかと抱いて慟哭《どうこく》した。

（其の二）

バタアン半島の東海岸ナチブ山の敵陣地が壊滅の日。

敵陣地正面の我が〇〇《ママ》部隊に進撃命令が下つた。敵塹壕の前方の鉄条網と地雷火陣地は是が非でも突破しなくてはならない。〇《ママ》兵から六名の決死隊が選ばれたがこの時「全員一度では犠牲者を多くするだけだから最初は俺がやつて見る。失敗したら後を頼む」と名乗りを上げた大成上等兵が、〇〇《ママ》筒を小脇に抱へるや猛然と壕を飛出し五十米突進して、前方の鉄条網目がけ〇〇《ママ》筒を投げつけ突撃路が開かれると見る間に肉弾となつて敵の地雷火陣地に突入。アッと見る間に轟然と爆破する地雷の猛煙の中に散華した。

大成上等兵によつて鉄条網地雷火陣地の突撃路が開かれ、我が勇士は怒濤の如く敵陣に斬り込んで敵屍を築いたのだ。正に上海戦の肉弾三勇士にも劣らぬ武勲物語がバタアン戦線に輝いてゐる。魂の火柱、地雷を潰す。何んと貴き肉弾一片。皇軍の大戦果の蔭にありし勇士の此の苦心進入只々感激感謝のみ。（二月七日記）

涙もて此の記事読めばおのづから神のみ光さしいづるなり

学生報国隊勤労奉仕作業に参加して

去る九月十三日我等は学生報国隊をめでたく結成せり。次でその第一次作業として五日間陸軍兵器補給所に於て各種作業に従事す。九月十七日秋雨冷やゝかに降りしきる中を歩武堂々兵器廠の営門をくゞり廠内《しょうない》の空気に近づいたのみで五日間この身を以て軍需作業に何分のお役に立つかと思ふと身も心も自づと緊張を覚えざるを得ない。

宮城遙拝、伊勢神宮遙拝、黙祷に続いて文部省督学官の力強き訓示あり。我等は工員の引率により各作業場に向つたのであるが各自の眉宇《びう》には云はず語らずのうちに最善を尽さうの意気が歴然と湧出して来たのである。

第一日は荷造り作業、大雨の中、どん〴〵材料を運搬せしこと大いに働き甲斐があつた。第二日、第三日、第四日、第五日もそれ〴〵第一日と同じく荷造り並び材料運搬の作業であつた。最後の日などは到底持つことの出来ない数十貫匁《ママ》以上の機械類をどん〴〵車に積んで目的地に運ぶなど全く貴い仕事であつた。何んな仕事でも各自が熱心にその目的物に対し全力を集中して成せばならぬことはないといふ事を痛感致した次第である。

成せば成る成さねばならぬ何事も
　成さぬは人の成さぬなりけり

規律正しい一日の奉仕作業。自分の為には汗を流し、人の為には涙を流し、大君の為には血を流す。同時に戦時下我等日本国民が確く心に誓はなくてはならない信念。勤労の汗、真心の涙、一億同胞こぞつて実行に移すならば八紘一宇の大理想は実現され興亜大業成るの日近きにあると信ずる次第であります。

仕事をして一休みする時おいしいパンの馳走。どうでせう汗の流したあとにこのおいしい味、永《とこし》へに忘れる事は出来ません。

今や聖戦五年我等は実に覚悟を強くする次第です。今日の日本を救ふものは学問でもなければ理論でもない。それは実に斃れて後尚やまずといふ崇高なる一大犠牲的精神より外なしと思ふのであります。今後如何に物資が欠乏しようとも如何に統制が強化されようとも吾々は草を食ひ木の実をかぢらうとも断じて悲鳴をあげる事なく一切の私利私慾を投げ捨て一つの苦痛、一つの不平をも訴へず吾れ銃後の一戦士たらんと叫ばしめたあの悲壮なる意気と気魄を以て祖国の為に戦ひ抜かうではありませんか。此の作業によつて我々の誠の魂が戦地の勇士の所にとゞいて行つたならば必ずや兵士は一層勇気百倍奮戦されるでせう。之によつて蔣介石も痛く悩され追祓はれる事となります。もう湖南の要地、長沙も忽《たちま》ちにしてつぶれてしまつたのであります。

我等は此の五日間に得た貴い汗の結晶によつて現在直面せる国際情勢の下奮励《ふんれい》努力学徒として充分なる自覚を以つて進み行かなければならないと覚悟を強く胸にきざみつけた次第

です。（九月二十八日記）

和歌

一　大砲の分解を背負ひひたすらに
　　作業場に入る学徒の尊さ

二　学徒よわれ銃後のわれなり
　　大雨あび進み行く車いと早し

三　戦地想へば晏如《あんじょ》たり得ずと学徒
　　休養もせず職場につきぬ

四　ますらをの生命にかゝる戦車機の
　　電纜《でんらん》検査す吾がつとめたゞならず

在隊中の思ひ出

秋も仲ば十月の中旬養成部の生徒として勉学にいそしんで居つた時、あたかも御召の令状に接す。軍籍にある自分は勇躍入隊の日を待つた。いよ〳〵十五日晴の入隊日。初年兵として営内に入つた。まるで何も分らず国民学校の一年生だ。古兵の方に教へられて一人前の軍服姿になつた。此の時は自分ながら心強く嬉しく班内を右往左往す。

演習も段々猛烈になつて行く。よし、おれのやうな力のない体でも、やれば必ず出来る。中野先生に日頃御教育を受けた其の当時を頭に浮べり。確に禊《みそぎ》の修行、あの七月の夏期禊大会を、一心不乱になつて水を浴び、あの御嶽の山を走つたとき、実に人間一生の修養だ之を忘れてはならない……

（二）木枯の風も強く機関銃を搬送して前進〱。ほとんど鼻で息を吸ふのか、口で大息するのか、わからない。只、無我の境地、苦しいだか、何んだか体其のものの正体がわからない。よし戦友に負けては残念だ。進め〱戦地はまだ〱こんなどころではない。最も激しいのだ。内地の留守隊の兵隊が弱音を言うては申訳がない。もう一頑張だと走る。其処に精神力の偉大さがあると思ふ。男と生れて意気のない弱音をはく人はまだ精神が緊張してゐないからである。私は演習に於いてとても全力をあげても出来ないと思つた仕事が立派に完成する。実に精神力の偉大さ、尊さ。神々しい気分に打たれて精神力の賜《たまもの》を絶叫したのである。

日本の軍隊が戦線に於て日々赫々《かく》たる武勲を上げつヽあるのも、此の精神力が大なる原因であると痛感した次第であります。

（二）猛烈なる演習を終つて班内に帰り銃の手入作業に専念して居りますとき、書翰《しょかん》の達しがあつた。喜び勇んで書翰係の所に走り書翰を頂く。

あゝ我等の尊敬すべき中野先生の御執筆の書。早速、封を開いて拝む。烈々たる激励のお便り読むこと数十回。読めば読むほど勇んで体が強くなつて来る。両手をあげて先生の御熱誠に深謝す。尚、靖國神社の御神饌までお恵み下され、何んとも忝《かたじ》けなく、靖國神社に向つて敬礼し、班内の兵士達にも分かちて上げた。兵士達も有難さに只々感謝したのみである。斯くして元気百倍御奉公出来た事を有難く痛感すると共に、御慈愛こもれる先生の御力を充分頭上に捧げ、大東亜戦争遂行の一人たる自分をしみぐ〵と喜びを以つて日々訓練に精励した所以であります。

（國學院大學への提出作文より）

木代子郎命

戦陣通信

陸軍兵長　歩兵第一二六聯隊　昭和二十年七月十七日、比レイテ島ビリバヤ歿　十八年予科修了

出征を前にした木代子郎命（中央）

一

昭和十九年九月一日（八月三十一日）

福岡市行町糸山旅館内　東京都小石川区大塚坂下町七〇　父宛〔葉書〕

永く御便りを怠りましたが、元気で居りますから御休心下さい。東海・山陽の夜行は混んで閉口しました。姫路近くで、三人掛をやかましく云つて、やつと席にありついた始末です。

山口では母が予定を変更して――山陰線の水害で不通になつたのです――落合ふ事になりました。久々で中村の皆様と一緒に中々愉快でした。祖父様も御元気で何よりと存じます。お祖母様は昨日床上げをしてみた程で、あまりしつかりなさつてはをられませんが、まづ〳〵結構な事です。国旗に書いてもらひ、お守りの腹巻を敏ちやんに縫つてもらひました。翌朝早く敏ちやんが駅に行つて切符を買つて来てくれました。旅館は指定になりましたので、三十一日の午後三時迄に行かねばならず、下関へは欠礼してしまひました。旅館は糸山といふのです。若い連中は朗かなものです。母上もここで泊られるかもしれません。特甲幹はどうなつたでせう。御健康を祈ります。

二

昭和十九年九月一日　福岡市行町糸山旅館内　父宛〔葉書〕

愈々本日入隊することになりました。すぐ出航するのかどうか、さつぱり分りませんが、或はしばらく逗留《とうりゆう》することになるのかもしれません。入隊してしまへば分ることでせうが。特甲幹は自信はないですが、もし入つてゐたら出航前に分ると好都合に思ひます。たゞ宿舎も分らず、手紙を出す余裕があるかも分らず困ります。

なほ聯隊区《れんたいく》へは電報でもうつことの外に、官製葉書で採用された旨通知することを忘れないで下さい。

長谷川先生、浅海先生にお礼状を出す暇もありませんが、どうかよろしくおつたへ下さい。

昨晩は母上と一緒でした。ゆり子によろしく。

三

昭和十九年九月一日　福岡市東公園　父宛〔葉書〕

只今兵隊の服を着て娑婆《しやば》での最後の便りを公園の中で母上の側にねそべつて書いてゐる処です。

新しい服に新しい帽子、新しい靴、何から何まで新しい奴です。集合ですから、これで失礼します。

（母添筆）「（一日）今日は大変大目に見て頂き、度々父兄の所へ来る時間を与へて頂きます。三十一日、指定の宿が決まりまして、午後三時までに集合の知らせでありましたので、私も山口まで行き、一夜二人が山口で泊まりました。色々持物して行きまして好都合で御座いました。帰りの切符がなか〳〵買へませんで、今朝三時に駅でたつてやつと買ひました。二日夜中で帰松します。ゆり子によろしく。」

四

昭和十九年九月七日　福岡市（九月二十五日博多局印）　父宛〔封書〕

謹啓
愈々万里の波濤《はとう》を越えるの日、目睫《もくしょう》の間に相迫りしため一筆認め申候。

今に至つて永い間の御高恩を深く深く感謝する者に有之、万言も意を尽し得ず、感無量の体に有之候。性、愚なる身をよく庇護せられ、剰《あまつさ》へ何の報ゆる事もなき不肖の子にて、顧みて汗顔赤面に有之候《これありさうらふ》。

母上には入隊の折遠路態々《わざわざ》御付添を賜ひ、御蔭様にて気持よく元気に神兵としての第一歩を踏出し、感謝の事に候。

その後、一班の長として班長殿のもとに日夜訓練に内務に精励致し、人の二倍も三倍も多忙にて、便所に行く日は洗顔は出来ず、洗顔出来る日は便所にも行けざる程にて、閉口の事に候も、之も御奉公と専心至誠を貫いて奮斗《ふんとう》致居次第にて候。九時就寝、六時起床にて候も、種々の雑務にて十一時頃就寝致し、且一日おきには不寝番も廻り来り、一寸疲労も感じ候も、闘志満々にてよく痩軀《そうく》を駆つて諸賢の陣頭に立ち居候事故、御休心賜り度候、訓練は見習士官殿の教育を受け居候。他の兵科に比しては比較にならぬ程ゆるい程度と存候も、炎天のもと銃をもつてかけ廻り、一回の内一動作毎《ごと》に罵倒、ビンタを食はざるもの無之程の訓練を受け居候。然しこれも人間錬成の一課程にて、益々旺盛なる闘志を燃し居候。内務は旅館宿泊の上、同年兵ばかりの事にて、一向兵営らしい程の事なく、演習より帰れば、裸になつて寝そべり、煙草をふかす事に候。

対潜監視も、人工呼吸の学課も相済し、今出航のみを相待ち居候。今に至つては唯々、二十年接し来りし人々に対する感謝のみに有之候。

熊田・荒井も既に入隊の事と存候。若し未だならば多年に亘つていささかも変らざる至誠の交りを感謝し居る旨申伝賜度《たまはりたく》。萩島にもよろしく、本の事は御一任申上候故御自由に御処分賜度。

ゆり子には、万々一、再び相まみゆる日あれば、共に「格子なき牢獄」でも見度ものと存候。

きぬ子もこの一年が一番大切な事なれば、御勉強しかるべく、俊美は将来我が家を背負ひ立つ事にも相成べく候も知れず、立派な人間としての精進を祈居候《いのりをりさうらふ》。

隣組の皆様にもよろしく。幼童部隊も相離れてはなつかしき事にて、もし久保さんの兄さんでもフヰルムが残居候へば、一枚にて結構故、御送り賜度と存居候。それから二三日には慰問袋の配布を受け、「戦地の兵隊さん」云々と有り、楽しき事に有之候。

縷々《るる》言上致度事山程も有之候も、時間も少き故、これにて擱筆《かくひつ》中候。終に臨み、重ねて御高恩を拝謝すると共に、末永き御健勝を祈上ぐものに有之候。

昭和十九年九月七日　子郎

父上様

生きて生きて生きぬき、戦つて戦つて戦ひぬく覚悟に有之候。

「親戚の皆様にはくれぐ〵もよろしくと申伝賜度、敏ちゃんとは映画論でも一発戦はしたく存候も出来ず遺憾と存候」

「ねえやには万々よろしく御伝声《ごでんせい》賜度」

五

昭和十九年十月十日　高雄　台湾第十部隊石田隊　父宛〔葉書〕

すつかり秋らしくなつたことと存じますが、お父様、ゆり子、相不変《あひかはらず》御元気におすごしの事と思ひます。私もお蔭様で元気に訓練にいそしんで居りますから、何卒御休心下さいませ。

お二人の御生活はいかゞです。炊事の方はどうなさいましたか。荒井、熊田の連中も、もう出かけたことと思ひます。隣組の皆様もいかゞおすごしでせう。清ちやん達も元気の事と思ひます。学校の論文の未提出が些か気になりますが、どうなることでせう。それから、今迄の班長殿であつた同部隊渦巻隊富永豊兵長殿には色々親身になつてのお世話を頂きました故、御礼を申上げて下さい。これからの厳格なる内務に誠心誠意没入して参りたく存じます。終にお忙しいおからだ故、御無理をなさいません様に。ゆり子にくれぐ〵もよろしく。

六

昭和十九年十月十日　高雄　台湾第十部隊石田隊　母宛〔葉書〕

もうすつかり秋らしくなつたことと存じますが、お母様始めきぬ子や俊美達一同御元気におすごしの事と思ひます。私もお蔭様で元気に訓練にいそしんでをりますから、どうか御休心下さいませ。これもお母様のお祈りの為と唯々有難く存じてをります。何事につけましてもお前にお母様がをられる様に感ぜられ、一生懸命に兵隊生活を送つてをります。きぬ子はより一層勉強して来年の春はお赤飯でも炊いてお祝ひしたいものです。それからこの前はギヤブぐ〳〵川に入つて俊美の釣の御相手をしたつけ、なんて思ひ出すこともあります。おはりに臨み、どうか、お母様御無理をなさらぬやうに、皆々元気の程を祈上げます。

七

昭和十九年十月十九日　新竹　台湾星一〇〇〇五部隊和田隊　父宛〔葉書・航空〕十月二十二日着

お父様、随分御無沙汰申上げました。御忙しい中を相不変御健勝におすごしの事と存じます。ゆり子も元気だらうと思ひます。私も至極元気に毎日毎日を送つて居りますから、何卒御休心下さいませ。そして御訓戒の如く至誠を以て明朗に生活して居りますから、この点につきましても御安心下さいませ。

御二人の御生活はいかゞでせう。御炊事なんかどうなさいましたか。お忙しさうに三畳の前の廊下を出入なさる御様子が眼に浮びます。荒井や熊田達も既に猛訓練中と思ひます。出来ましたら服部も合せて三人の場所を御連絡下さいませんか。

隣組の皆様はいかゞおくらしでせう。清ちやん達も元気なことと思ひます。論文の未提出が些か気になりますが、どうなることでせう。菊池先生にはよろしく申上げて下さい。浅海先生、長谷川先生の皆様にもくれぐ\もよろしく。本の後始末はどうなりましたやら。では今日は失礼します。どうか呉々も御無理のない様に祈上げます。私も一心不乱に頑張ります。

八

昭和十九年十月十九日　新竹　台湾星一〇〇〇五部隊和田隊　母宛〔葉書・航空〕

お母様、随分御無沙汰申上げました。相不変御健勝におすごしの事と存じます。悪童連中も元気にやつてゐることと思ひます。私も至極元気に毎日々々を送つて居りますから御休心下さいませ。これからもお母様の御祈りのためと唯々有難く存じて居ります。そしてお訓のごとく至誠を以て明るく生きて参ります。どうか御安心下さい。

きぬ子は近頃いかがですやら。一生懸命勉強して来年の春には皆で御赤飯を炊いてお祝ひしたいものです。

俊美とはこの前、川の中へ入って釣りをしたつけ、などなつかしく思ひ出します。内地の秋はどんなに美しいことだらうかなどとも思ひます。そして、お母様を囲んでいたゞいた食卓が限りなくなつかしく思ひ出されます。

では今日はこれで失礼します。どうか呉々も御無理のない様に祈上げます。私も軍人です。一心不乱に頑張り抜きます。さよなら。

九

昭和十九年十一月二十二日　台湾高雄兵站《へいたん》舎宿所　星一〇〇〇五部隊和田隊　父宛〔葉書・航空〕

御手便り有難うございました。久方ぶりに御慈顔に接する思が致し、何とも嬉しく存じました。なほ愈々御壮健におすごしの様子、何よりと存じます。ゆり子の松江行も結構に存じます。私も至極元気で居りますから何卒御安心下さい。一寸お腹をこはして一週間あまり入院してゐましたが、昨日退院し、再び部隊に帰つて参りました。今では全く旺盛な闘志をとり戻し張切つた毎日を送つて居ります。御承知の様な身体でありますが、痩軀に鞭《むち》ちつゝ頑張り抜く覚悟でございますから、決して御心配ない様呉々も御願申上げます。お父様もどうかお身体を御大切に遊ばします様、遥に祈上げます。皆々様によろしくおつたへ下さい。

十

昭和十九年十一月二十四日　台湾高雄兵站宿泊所内　星一〇〇〇五部隊和田隊　父宛〔葉書〕

お父様、先日は御懇切なお便りいたゞき、ほんとに有難うございました。色々様子も分り懐しく再三拝誦致しました。

お二人の御炊事はいかゞです。あまり簡易主義を奉じすぎてお身体にお無理ができてはと御心配申上る次第です。

なほ御一層御研学の由、尊い事に存じます。御立派に御成就の程を祈つてやみません。私もこの聖戦に一家を代表して参じてゐる栄を思ひ、飽迄《あくまで》も真面目に至誠を以て御奉公申上げてをります故、どうか御安心下さいませ。

俊美の腕白振は相不変と存じますが、うんとおいしいものを食べさせて強い体に鍛へ上げたいものと存じます。何事にしても身体が第一ですから。

隣組の皆様、長谷川、稲田、浅海先生の皆々様にどうぞくれぐ〳〵もよろしく申上げて下さい。

十一

昭和十九年十一月二十四日　台湾高雄兵站宿泊所内　星一〇〇〇五部隊和田隊　母宛〔葉書〕

お母様、永い間御無沙汰申上げてしまひましたが、皆々御元気におすごしの事と存じます。先日お父様よりお便りを頂き、飛び立つやうに嬉しく存じましたが、それによりますれば、ゆり子も今度一緒になつた由、お母様もお手伝ひが出来て何よりと存じます。それに俊美が副級長になつた由、当然の事とは申せ結構な事に存じます。遥かにおよろこびを申し上げます。

内地はもうすつかり秋深くなつて、冬のお支度にお忙しい頃かと存じます。

こちらはすぐ汗みどろとなる程暑うございます。しかし、私は元気一杯御奉公申上げて居りますから、一切御心配下さいません様に。

きぬ子は勉強してゐますか、どうか希望通りになりますやう祈つてやみません、俊美の腕白振は相変ずと思ひますが、うんと柿や蜜柑を食べて強い身体に鍛へ上げたいものと存じます。何事にも野獣のやうな逞しい身体が是非とも必要です。お母様を中心としてのお夕飯はどんなに楽しいことでせう。

小松の伯父母様、丸の皆々様へくれぐ〵もよろしく申上げて下さい。

弟への遺書

一、父にまみえんと欲すれば尊皇に生きよとは故杉本中佐の言葉なりときく。今出陣せんとするにあたり之を汝に与ふ。よく体得せられんことを希む。

一、孝は子として最上最大の徳なり。今顧みて我が不孝極悪の子たりしを深く慚づ。汝永遠に至孝たれ。

一、祖先の祭を怠ることなかれ。汝の今日あるはすべて祖先に基づくを知るべし。その祭にあたつては赤心親《みづか》ら墓碑を洗つて拝すべし。

一、姉みよ子は至孝至純、而《しか》も報いらるること少くして世を去れり。よくその真心を解して供養につとめよ。

一、汝が接し来りし人々に謙虚なれ。

一、己が事を行ふに至誠たれ。至誠によくかつもの一もなし。

一、事にあたつては志を立てよ。志なければ生は徒食とならむ。

一、常に清廉潔白たれ。或は世に入れられずして茅屋に座するも心貧しからず。

以上蕪《ぶ》筆をかつて汝に遺す所以は、汝が生即ち我が家の生なればなり。健勝ならんことを祈る。

昭和十九年八月二十九日

兄　木代子郎

俊美どの

西岡作郎命

陸軍中尉　歩兵第百四十五聯隊　昭和二十年三月十七日、硫黄島歿　五十期高等師範部第一部卒

御遺書　一

一筆遺しまゐらせ候
　皇国に生を稟《う》けこゝに二十有五年　皇軍の一員として醜《しこ》の御楯《みたて》と生くる喜びに溢れ居り申候
　父上母上に何ら務をも相果さず　御別れ申上ぐる悲しみはもとより乍《なが》ら忠孝一本は古来伝はりし皇国の美風に候
　大君に御尽し申上ぐる忠誠は即ち父上母上に御尽し申上ぐる孝養に候
米英撃ちてしやまじ　皇国の危急存亡に立つ私に候　誠に光栄この事に在候　生きて再び

御目もじ相叶ふは露程も願はず　靖國の社頭にてよくやつてくれた　と御褒め下され度候
春正に酣《たけなは》　我等の前途を祝福するや　新緑の色一段と輝やき冴え増候
御老体　殊に父上には御病中故くれぐゝも御身御いとひの上　万寿の御齢御重ねの程　南
冥の土の上にて御祈り申上げ居候

辞世

もの丶ふは名こそ惜しけれ
散る花の匂ひにまさるいさをしほしも

さくを

作郎

父上

母上　様

御長寿ヲ祈　（血書）

御遺書　二

時局重且大《じゅうかつだい》の秋　愈々待望の壮途《そうと》に登る私の心中御察し下さい
家を捨て親を捨て俗世一切の煩悩を絶ちて悠久の大義に生きむ私を高らかな歌を以て御送り下さい
勿論骨は帰らないものと御覚悟下さる様
何の酬《むく》ゆる事なく出で征く私を御許し下さい
皆様には別に御別れの挨拶差上げませんゆゑ何卒宜敷く
御鳳声の程御願ひ申上げます
時下向暑の砌《みぎり》御自愛専一《せんいつ》に御暮し遊ばさる様陰ながら御祈り申上げ
ではこれにて失礼申上げます
征つてまゐります

謹言
作郎

御父母様

矢野幾衛命

海軍大尉　詫間航空隊　昭和二十年五月四日、
南西諸島方面歿　十七年予科修了

詫間海軍航空隊第十四期操縦

別詩　陸亀蒙

丈夫非無涙　不灑離別間
仗剣対樽酒　恥爲游子顔
蝮蛇一螫手　壮士疾解腕
所思在功名　離別何足歎

丈夫涙無きに非ず　離別の間に灑《そそ》がず
剣につゑつきて樽酒に対し　遊子の顔を為すを恥づ
蝮蛇一たび手を螫《さ》さば　壮士疾《と》く腕を解く

思ふ所功名に在り　離別何ぞ歎くに足らんや

（註　出撃前、飛行機を背景に飛行服姿三十三名の勇士の写真の裏に本人が書き記したもの）

遺稿 II

石森文吉命

海軍少尉　三重海軍航空隊　昭和二十年五月十二日、長野県上田市大字上田歿　十七年予科修了

母堂あて書翰

十六日付通信拝受。有難う存じました。祖母上よりの御見舞確かに頂きました。なかなか金持ちになりました。（但し軍用行李《こうり》を購ひますから又素寒貧《すかんぴん》呵々……）御無沙汰致しましたので種々御案じになられた事でせう。相済みません。六日付書留、十一日付便、三日付小包夫々入手。但し去年の速達書留は未着。病院郵便所にも来て居らない由です。一昨日春江小母さんから、本日楢崎伯父上（大分多忙らしく来る日曜二十三日来呉の予定とありました）より便ありました。さて代筆の先便にて申し上げました如く、七日に手術、十四日に抜糸、経過大良好にて昨日十七日頃より歩行も許可されまして大元気ですから御安心下さい。一ヶ月位から一ヶ年近くかかる人もあるのに私は僅か十日余でかくの如く元気になりました。全く科長始め各位の手厚い看護のお蔭にて、何と感謝しても足らぬと感激し居る次第です。摘出した右腎臓は予想以上に悪化してゐた模様で、もう少しで危ない所であつたさうであります

が、全く命拾ひを致しました。天知万物に感謝する必要があります。しかし満二十一ヶ年と二十三ヶ日、ツレソフタコヒ女房の腎臓君と別れたのですから数日はウンウン唸りましたよ。とにかく大いに元気で退院も間近かですから御安心下さい。ラバウル攻防戦は私の元気に拍車をかけます。ではお元気で。さやうなら

隣組の方々が御心配下さる由感謝致します。よろしくお伝へ下さい。再起奉公間近しです。

母上様

文吉

(『同期会結成三十周年記念誌』昭和五十二年、國學院大學学部昭和十七年度後期生会刊より)

久保大命

陸軍曹長　船舶工兵第一補充隊　昭和二十年一月三十日、比ポロ島二六〇高地歿　十七年予科修了

かみすばえ

私と私の相棒は、何所《どこ》までも何所までも、うねうねと続いてゐる田舎道を歩いてゐる。肩には何本かの紙芝居の絵が入つたリュックが肉に喰ひ込んでゐるし、両の手にも、風呂敷包みと舞台が手の抜ける程にぶら下がつてゐる。汗がシャツの下で脊髄の溝を伝つてポトリと落ちてはパンツに侵み込んでしまふ。そろそろ部落も尽きて道もだんだん狭くなり登り坂になつて来た。右手に村の境界碑が建つてゐる。

「さあ、あと八丁だ」相棒Kが云ふ。「あれあれまだ八丁もあるのかい」私はそろそろ弱音をはき出した。

坂がだんだん急になり杉の並木が大分深くなつて来た。岩間からでも流れてゐるのか一条の水が音もなく流れてゐる。木の葉が一枚、この流れを下つて行く、木の葉を通つて振り向くと、今来た道が、うねりうねつた一本の銀の道となつて遠い彼方で消えてゐる。しば

らく登ると杉林が切れて一寸平になる。木の間から谷の向う側が見える。向う側も岩崖が赤茶色に切り立つてゐて、谷底には川が銀色にうろこを立てゝゐる。峠を登り切つて少し下ると左手に一軒、つぶれかけた様な茅葺《かやぶき》の茶屋があり、外に縁台が二つ置いてある。

「お茶でも飲んでこか?」Kが振向ひて云ふ。「うん……」。茶屋には誰も居ない。猫が日当で寝そべつてゐる。時々、耳で光を羽搏いては又目をつむつて気持良さゝうに寝てしまふ。ゲートルを巻直してゐると、向ふから若い女がバケツを下げて来る。近付くと左手でたすきをたぐし上げた姉さんかぶりの手拭を取つて「いらつしやいます」と頭を下げて奥へ入つて行つた。「お待つどう様」間もなく渋で赤くなつた茶碗を盆にのせて出て来た。「何かお菓子ない?」K君が早速お菓子のことを云ふ。

奥から何か皿に入れて持つて来る。羊かんと牛の糞のやうなパンだ。私が先づ牛の糞を割ると中から赤茶けたあんがはみ出す。落さない様に口で受けてもぐもぐやつては又一口ほほばる。

「こりやー仲々いけるね」私が云はうとした事をK君が先に云つてしまつた。しやくにさはつたので今度は羊かんを放り込む。羊かんは角が一寸固くなつてゐるが仲々うまい。「こんな山ん中で、こんなものを食べられやうとは思はなかつたな」お互ひにこんな事を云つて又歩き出す。小学生が二人向うから帰つて来る。早速つかまへて聞いてみる。「もう学校終つたのかい？」「あ、、わすらは、いつねんせえだから、もうおはつた……」

後の方は口の中でもごもごと云つてしまつたので何だか判らなかつた。「……だけんど、今日さ、かみすばえが来るてから、めす食つてから又行く……」別の子が付け加へたが、これも後の方は判らなかつた。

間もなく私達は校門をくゞつた。木造には決まつてゐるが、大分古いらしい。ガラス戸は無く、皆障子がはまつてゐる。応接室兼校長室へと通される。校長は三十七八位の人だ。女教師がお茶を入れてくれる。間もなく菓子が出る。見ればあの牛の糞パンだ。〝こんな事ならさつき食べるんぢやなかつた〟と思ひ乍ら、すゝめられるまゝに又手を出した。Kが私の顔を見てにやりとする。私も思はず微笑んで一口ほほばつた。K君が校長に二三質問した。

私は教頭らしい人に「こちらでは若し低能児と認められる様な児童が居りますと致しますと、何の様になつて居られますか」とお得意の問を発する。「はあ、左様でしな、秋田市あたりでは特ぬ補助学級を設けて、かなる計画的ぬ教育すで居るましが、わたくすちの方では、唯単ぬ授業の時でしな、教員が特ぬ用語などに留意すて教授する程度で、別にこれと云つて設備はありません」教頭は東北弁を時々混ぜてこんな事を云つた。

それから講堂へ案内されて紙芝居を二人で七本やつて、拍手を浴び乍ら段を下りた。応接には先程の菓子の他に一人の老人が待つてゐた。爺さんは私達に自己紹介をしてから話し出した。

「向うに見える上の平らな山はな、ありやー安部宗任貞任《むねとうさだとう》のお城の跡で、あの向ふの山には縦穴横穴が一ぱいあるんぢや。十万年位前に人が居たらしいのぢやよ。東京からも博士や、歴史家や考古学者が一ぱい来たものぢや。元は東京からクヅ屋が来たりしてな、良いものを買つて行つたりしたもんぢや。それで今では役場の許しがないと売れない事になつた」

爺さんは一人で悦に入つてゐる。「鎮守のお宮にやー長慶天皇様の御木像の安置してござるがな、天皇様の木像のあるのはこの方ばかりぢや。この間も内務省で持つて来いと云つたからわしが持つて行つた。そしたらお役人なんてしやうのないもんぢや『置いていけ』つて云ふぢやないか。わしが『いくらなんぼなんでもそりや出来ません』て云つたらお役人さん『どうしてだ』つて云つたよ、そこでわしや『いくらこちらが内務省だつてこれはわしの村の神社の御神体ですから置いて帰るなんてわけにやーいきません』てな断つて持つて帰つて来ちまつたよ」

不思議に爺さんは東北弁を出さないで話した。そしてあたりかまはず大声で笑つた。先生達も私達もいつか頬笑んでゐた。K君がポカポカと煙草の輪を吹いた。

（附記）昭和十六年夏休み児童文化研究班員として大政翼賛会の嘱託で秋田、山形、宮城三県を巡つた。

「八雲」創刊号（昭十七・五刊）より転載

（前出『同期会結成三十周年記念誌』より）

篠原直人命

陸軍少尉　威第一七六六九部隊　昭和二十年五月三十一日、比ルソン島ヌエバビスカヤ州歿　十七年予科修了

遺書

今度学徒出陣の大命を拝し、ペンを置き学徒兵として決戦場裡に趨《おもむ》く事になりました。日々に熾烈を加へ来る戦況に直に銃を取り、国難に馳せ参じ様とする私達学徒の希ひが遂に達せられました。光栄ある皇国民として永劫の、この秋どうして起たないでおかれませうか。起つて必勝を期し、誓つて宿敵米英を滅却せんの念願のみです。そしてこの使命これ私達学徒に課せられた最大至上のものであり、そして今迄学校にあり、国家の一員たるを自覚し、国家道徳に身命を捧げる信条を磨いて来た学問を生かし、如実に実践する道に外ならないと信じます。かうして私達の行くべき道が示された今日、既に迷ふべき物を私は持つてゐません。唯決意、断固たる決意、米英を撃滅し終るまではたとへ身は散るとも、必ず精神のみは生きぬかんのこの決意を現実に生かすのみです。

日の暮る丶かなたの山を見てあれば炭焼く煙峯這ひてをり
南洲の遺慕来て胸もゆるその三洲の血を享く吾れは
みんなみのやしの木蔭に唯一人うなだれしま丶君をこそ思へ
（前出『同期会結成三十周年記念誌』より）

白石理一郎命

海軍中尉　第三〇二航空隊　昭和二十年四月七日、埼玉県戸田町方面歿　十八年予科修了

滅敵の鬼たらん

国の危機を意識しつつ無窮《むきゆう》の学道を護持し、探求しようと志してゐた我々の胸奥につひに矛を執つて起つべき絶対的な時期が到来した。我々は今こそこの全身全霊を挙げて、我々の悲願であり、祈念であつた尊皇攘夷の志を奉行しなければならないと深く確信する。

国の難局が今このやうに非常未曾有の事態に立ち至つた時、我々の激しく回想するものは皇国の歴史を無窮に貫流する唯一筋の道であり、我々を起死回生せしめる精神こそ、もはや我々の血脈に流れるこの一筋の道でしかない。

この一筋の道を純粋に生き抜くために、我々は不断に自らの尊皇攘夷を行ひ、国の内に於ける尊皇攘夷を考へ、而して大詔のまにまに、我々は悠久の皇謨《こうぼ》を翼賛し奉る尊皇攘夷の決戦を奉行しなければならぬ。我々はこの一筋の道に、我々の生命を捧げることによつて無窮につながり、生死を超越し、皇国の歴史を貫く大義に生きることを熱祷した。

それは、事実剣を執つて起つと否とに拘らず、我々の絶対の信仰であり、悲願でもあつた。そして我々はいまやその第一義の道を、直接剣を執り、生命を捨ててこれを遂行するにありとした。我々は再三熟慮、我々の本分について考へ、学業半ばにして大御軍《おほみいくさ》に参ずべきことの軽重も思つた。

併し、それは最早、徒らなる熟慮でしかなく、つひに自らの血脈に燃ゆる火を如何ともすることが出来なかつた。学道を護持し探求するといふ事は我々の真の本分であつたかも知れない。我々はそれを捨て去るに幾度か躊躇した。

それは率直に告白して、恩愛の絆を切る時と同じ様に悲痛のことであつた。そしてそれはいま顧みて万人の前に慙愧《ざんき》せざるを得ない。だが、遂に我々をして起たしめたものは、我々の胸奥に生きる楠公であり、松陰であつた。我々はこの自らの血脈を信じ、唯その一念を想ふ。

我々の学識は貧しく、我々の全ての経験も乏しい。我々はここに喋々《ちょうちょう》の言を弄するの罪を畏怖せざるを得ない。併し乍ら我々の如き怯懦《きょうだ》なる者に於いてすら、尚この皇国一筋の道に生き得る者である事を、我々は自ら確認し我々はそれに生きる、日御民《ひのみたみ》たる矜持《きょうじ》を誇らかに称へ得るのである。

そしてこのやうな自覚を我々の胸奥に抱かしめ、心頭に念じさせたものは、我々が一年有半の教を受けた母校の精神であつた。一校の創立意義が、一国一民族の創業神話にも比して重大である事実を稽《かんが》へる時、我々は我々の母校に流れる道統の栄光を想ふのである。我々の一人一人の荷ふべき歴史的使命の如何に重大にして、厳粛であるかを我々は今にして自覚した。

併し乍ら我々は当面の危機を座視するに忍びず、いま剣を執つて醜虜《しゅうりょ》に立向ふ。我々が祈念した母校の歴史的使命を達成されようとする学友諸兄に後事の全てを託して我々は莞爾として征くであらう。

我々はここに饒舌を弄して我々の心情を述べた。我々の学問の完結は醜《しこ》の御盾たるの行為に依つてなされることを我々は深く信じる。そしてまた、諸兄こそ日本の否世界の学問の維新を達成せられるであらう事を我々は深く信じて已まない。

静かに戦ひの場を想起すれば、茫洋《ぼうよう》果もなき太平洋に、わが神州を侵さんとする醜虜はいまや我々の頭上に迫つた。暗雲漠々たる南溟の空に、島々に怒濤氷雪を噛む北海の孤島に、彼等は、歩一歩その非望を逞しくして来た。皇道を護持し、神国の無窮を信ずるもの、何ぞ座視せんや。今こそ我々は、剣太刀を佩《は》き、かの醜草《しこくさ》を、芟《か》つて、芟つて芟り払ひ、撃つて、撃つて撃ち尽さずして已まうか。生きて皇国の民となり、このうつそみの生命を、大君に捧げまつり、大御軍に、征《い》で立つの栄光を思へば、我々は感慨胸に迫り、涙あふるるを感ずる。ああ。我等は空の防人。空ゆかばただ神南溟の雲染めて、いまこそ散らめ。我等が眼を上げよ。この空は白亜館の立つ敵都の空につながり、この紫紺の黒潮は敵国の西岸を洗ふ。

我々は膽《きも》を嘗《な》め、薪《たきぎ》に伏すも我が生命の続く限り、彼等の非望を粉砕し、彼等の操る、飛行機を艦を叩き潰し、此の地上より消滅させねばならぬ。我々は決戦の空に敵国学生の跳梁《ちょうりょう》を断じて許してはならないのだ。我々は生命のきはまり斃れる事があらうとも、我々の魂魄は凝つて撃滅の鬼となり、彼らを斃し尽くすまで戦ひ抜くであらう。

親愛なる予科生諸君よ。

我々は国学白線の矜恃を抱きつゝ空の決戦場へ赴く。我々の志と決意は念々尊皇であり、徹底攘夷である。我々は大詔を奉戴《ほうたい》し、神武の剣を捧持《ほうじ》し、神助を念じつつ誓つて宸襟《しんきん》を安んじ奉るであらう。

我々は予科生にして予科生に終つた。国の運命を荷ひつつ立ち上がつた我々の胸奥に燃ゆるものこそ予科精神である。

親愛なる諸君よ。今こそ起ち上がれ。今こそ日本の運命を荷つて奮起せよ。真白き二条の白線に恥づるなき若き皇国の学徒たれ。そして我々の屍を踏みしめ、踏み越え、来る日の栄光を荷へ！　さらば懐しき母校よ、緑の森よ。

さらば、夢多き白線よ、朴歯よ、

幸あれ

（『まほろば』平成五年、一七会事務局刊より）

関根滋命

海軍中尉　戦艦伊勢　昭和二十年七月二十四日、広島県呉軍港歿　五十三期神道部卒

君のため大和男の子が桜田にきほひし日にぞふれる雪かも
国を思ひやまと男の子が桜田にきほひし日にもふれる淡雪

支部発会一周年

いたらざる足らざる多し一年の我が来し道をかへり見すれば
噛みこなし噛みてふくめてのたまひしかのみ言葉は忘らえぬかも
友は皆いで征きにけりきびしくも氷雨《ひさめ》降りしく伊達の国原
ことさらにたのしかりけり草莽の道行く子らのまどゐする夜は
しぐれ来て紅葉ちりかふさ庭べに心の友を恋ひて居にけり

大正十三年三月、福島県伊達郡梁川町に生れる。家は社家。昭和十六年、福島県立保原中学校卒業。同年四月、國

関根滋命が奮戦ののち戦死をされた戦艦伊勢。
写真は昭和18年8月、航空戦艦に改装された勇姿。

學院大學神道部入学。大東塾につながる。同十九年九月、卒業。海軍砲術学校入学。二十年五月同校卒業。同年七月二十四日、呉軍港空襲下、戦艦「伊勢」艦上に於て戦死。海軍中尉。享年二十二。

（『つるぎと歌』昭和四十四年、大東塾出版部刊より）

竹田正徳命

海軍大尉　第九〇一飛行隊　昭和二十年三月十九日、九州東方海上歿　十八年予科修了

言　志

学半ばにして、海軍を志願せんとしたとき、心ある友は私の決心を喜びつつも、「折角学問を修めたのだから、せめて卒業してからでもよいのではないか」と言つて呉れた。

「併し机上の学問ばかりが学問ではあるまい。とにかく自分は征く」と答へた。この答は必ずしも私の忠実な告白であつたとは云へない。かりにこの答が間違つてゐなかつたとしても、私はその時自信をもつて、かう答へることが出来なかつたばかりか、之は寧《むし》ろ私の苦しまぎれの答弁であつた。といふのは、私は志願のことは決心してゐながらも、胸中はやはり、やりたかつた学問に対する強い執着があつたからだ。

私はこの執着を断ちきらう断ちきらうと自分に言ひきかせつつあつた。従つて、友のこの言は私の心を少からず動揺させずにはをかなかつた。私は堅く志願を決意してゐたとはい

へ、はつきりしたものをつかんでゐたからではない。ただ私は日毎に熾烈化する航空決戦を身近く聞き、刻々と募りくる国難の波動を感ずるにつけ、未来を恃まれてか、比較的寛に遇せられてゐる学生々活の雰囲気が、更にいへば、ややもすればそれに甘えようとする私の姿が、もどかしくてならなかつたからだ。寔《まことに》座視するに忍びなかつたのだ。とはいへ、私は私に負はされてゐる皇道の宣揚《せんよう》てふ聖職を痛感してゐなかつたといふのではない。更に広く云へば、文化的の責任といふことが、めざましく成長する明日の日本にとつて、如何に必要なものであるかを充分に知つてゐた。

併し私は、明日の日本を思ふ前に、刻下の日本を考へる程切迫を感じてゐた。時を逐《お》ひ、秒を刻んでつゞけられるこの大戦争の今日のこの一時一秒が将来どれほどの意義を擔《にな》ふものであるかを知らねばならなかつた。一日百年。まさに今日の一日は明日の百年に価すること を知る。私は決して明日の日本を思はなかつたのではない。でも更にまして、今日の日本を憂へたのだ。

神州不滅——私はこの力強い言霊に無限の信をよせてゐる。私はこの話を誦する毎に激しい感泣と決意とにうちふるへる。併し吾々は神州不滅の語に陶酔することは許されない。

神州不滅——それは吾々一億防人の血と肉とをもつて購《あがな》はねばならぬ。

神州不滅は吾々の牢固《ろうこ》たる信条である。また、絶対の事実である。併し、いやさればこそ、今この大危機を前にして、何ぞ神州護持のため挺身蹶起《ていしんけつき》しないでよからうか。吾々学徒のみが、この聖血の淋漓《りんり》たるを便々として見守つてゐてよいのか。敵国の学徒は続々と起ち上がつてゐるといふ。吾々は之を毫《すこし》も恐れる必要はない。彼銃を執れば、吾も銃を執るのみだ。徒らにペンの臭ひにこがれてゐるときではない。「一旦緩急アレバ、義勇公ニ奉ズ」るのが吾々の聖条だ。今こそ学徒蹶起の秋――一刻を争ふ。吾々一人の血は彼十人、百人の血を奪ふ。断じて奪ふのだ。

†

私はあるときある友からからかういふ言を蒙《かうむ》つた。「学校を出てもどうせ、兵隊に征く身だからな」と。私は答へる術を知らなかつた。

「早かれ遅かれ、征く身だ。君の方が賢明だよ」と、友の意がこんなに酷なものだつたとは思ひたくない。でも私はかゝる打算の微塵もないことを断言して憚《はばか》らない。

単に死すべき運命にある身にとつては、死は早晩、時間の問題であつて、ある意味では死も亦、案外安易なものであるかもしれない。併し国を思ひ、国を憂へる、国の安危を一身に負ふと覚悟する者にとつては、死もまた決して安易なものではありえない。

松陰先生の詩に、「生豈安易《せいあにあんい》ナランヤ、死モ亦難シ」とある。先生程の慨ある愛国者にとつては、仲々のことでは死ねない。宜哉。

私もまた気持ちに於いて松陰先生の意といさゝかもかはるものではない。私は今更喋々することは本意ではない。

ただ「征くべし。討つべし」これあるのみ。

一億のかなしき願ひみにしめて命かしこみ夷攘《えびすはら》はん

（前出『まほろば』より）

多田改造命

陸軍一等兵　中国軍管区歩兵第一補充隊　昭和二十年八月六日、広島市基町部隊内歿　十八年予科修了

日記より

一月二日

元日も過ぎ上京の日も近く、宿題の圧迫も加はり、何れにしても現実の身は忙しく、今日は終日机につく。ドイツ語は、グリム童話の「灰かぶり」を本日読破したい、これのみこの冬休の目に見えた収穫であるが、益々俺のドイツ語の実力の貧弱を知る。「智の第一歩」とか。語学の精神、残る十ヶ月の予科生活の課題。克兄へ甲府より卒業アルバム来る。アルバムの豪華には一驚する。中に見る兄の甲府の三年。土木だけに意気と熱の充満してゐるのも頼もしい。北満の兄を偲ぶと共に、喜びと、若い感激のカレッジ・ライフを祝す。川崎の兄夫婦より賀春の状来る。

一月十五日

此の数日間、ドイツ語に哲学に励んで来た。本も過ぎる位買つた。もう金もなく昼も抜きにしなければならぬ様になつたが、目下の所健康に生活してゐる事はうれしい。哲学の勉強。教養とは云へ何の為に読むのか。果して、理解してゐるのか。二度読み三度読むと前には泣きたくなる程感激した所も、さほどには思はれず、時には、理解されないのではないかとさへ思ふ。思索は益々複雑となり混沌とする様に思へる。「何の為に読み、何を知り得たか？」この様な悩みを感じる。知り得ると云ふ様な気での哲学の研究は本質的に間違つてゐるのかもしれないが――。

一月廿日

西田哲学の「作られたものから作る物へ」の絶対無について理解し得ない点多く悩む。哲学の研究態度は、単なる教養の為としてよりも、全霊を投げ打つて、自己即哲学の境地に至らなければ、真正の把握は出来ない。俺の今迄の態度は智を誇らんとしてゐた外面的のものであつた。虚栄知識としての哲学――之のみに限つたことはないが――は真正のそれではあり得ず、而して哲学の理解は出来ない。

読書のみではだめだ。思索。――

俺は今までの自己を否定する。

今日昨夏内原に於ける写真を貰つた。之は内原に於ける自身の最も深刻なる内面的分裂であつた。健康に対する不安と自棄。内原に対する反感と、それに伴ふ言論行動。それについで起る深刻なる反省。とまれ最も苦悶に充ちた顔である。が之を契機として私の進む方向も決定された様だ。

昭和十七年十一月九日〈小春日和の日〉

思へば本年は意想外の年であつた。去る三月、帰省して兄を（入営中の克明兄）駅に送つた。その春の休も終らんとする頃、図らずもかかりそめの風邪は遂に俺をして休学のやむなきに至らしめた。四月三日の朝思ひがけなくも、高熱に悩まされたが、とやかくして五日小康を得たまゝ広島の兄に面会に行き、それからは身体の異常に置薬をのんだりして寝てゐたが思ふ様に快くならず、医師に薬を貰らひに行つてもらひ且つ自分でも診て貰つたが、単なる風邪との事で四月十五日上京した。数日来の胸痛に苦しみつゝもかくして思ひがけなくも、肋膜炎《ろくまくえん》を宣せられ、登校十日にして川崎の兄の許に臥床した。丁度姉の産の手伝に来られてゐた母上の看護を受けつゝ五十余日の安静臥床の日を過した。出校の見込もなく休学の意を決し、若葉薫る頃病軀を故里に運んだ。春逝き、夏を迎へるにあたり、病状は一進一退、秋風の吹き初むるや時しも健康診断を受けた際の、意外に快からぬ病状に驚き、又もや焦りつゝも、一方宗教に救を求めながら今日まで過して来た。一心に帰依する事に依り、経を唱へる事に依り、精神的にも、肉体的にも大分良好となつた。朝夕念仏を唱へ、日光浴、読書の生活が今日までのそれである。今日から再びペンを取らう。日記の形としてでも、随筆であつても、読書の感想であつても、何でもよい。毎日の心の状態を筆に託す。

十一月九日

今日國學院から休学許可証が来た。それに依ると十月一日から十二月三十一日休学を許可するとある。兄上先般出頭して貰つた時の話では、来年三月末日迄出来ると言ふ話であるので、一寸案じたので、早速兄上に手紙を出し、再び、学校に行つて聞いて貰ふ事にした。或は余り休学出来ぬかも知れぬ。願はくば三月迄休学出来る様にと祈つてゐる。事務の誤記なればよいがと思つてゐる。鷺山君に礼状を出した。小生の進学について、色々心配をかけたが、彼もよく相談にのつてくれた。今日の手紙も又も激に過ぎ、彼も苦笑してゐるだらう。俺が念仏を唱へてゐる事、日蓮上人の銅像と亀山上皇の尊像の前に、予のため、感謝と加護の祈願をしてくれと言つた事、彼はどんな気がするだらう。どんな態度で祈つてくれるだらうか。

昭和十七年を送る日記〈二十二歳〉

二宮と共に、高橋君の下宿先を訪問した。東横線沿線、立木多く、空気は浄らかで、比較的落着いた所だ。彼の伯父の家に下宿してゐるのだ。書斎に案内されて、先づ驚いたことは、彼が凄く本を持つてゐることだつた。実に持つてゐる。岩波の哲学の本はたいてい持つてゐるだらう。まさかこれ程とは思はなかつた。三人で色々話した。とても和やかで愉快であつた。上京以来ほんたうに腹を割つて話した。『超然』誌に載せるために、寄稿をすゝめられた。遂に去年の随筆をのせることにした。メンバーは、二宮、高橋、西中、俺位だ。「病床断」として、前後三回のせよう。二宮は大部読んでゐる。高橋はあまりだべらなかつたが彼奴の思想も深いだらう。案外俺あたり表面的ではないか——蘇峰《そほう》著『日本に於ける仏教の影響』を分析し、彼等は論文を投稿するらしい。俺も書いて見ようか、どうも、今は思索がまとまらぬ。本も読めぬ。彼等はもりもりやつてゐるだらうな。でも昨日は、本当に楽しい午後であつた。友達を持つことは楽しいことだと痛感した。

（前出『同期会結成三十周年記念誌』より）

立元洋命

陸軍一等兵　歩兵第二十三聯隊補充隊　昭和十八年十二月二十一日、都城陸軍病院歿　五十三期高等師範部卒

深大寺に遊ぶ（註　東京・調布に在り）

冬の日影ゆたかにみつれど強き風なほ吹き通るこの山路に
やはらかき黒土の中ゆ麦の芽のはつかに芽ぐむがなつかしきかな
長き冬堪へつゝ生くるくしき力こもれるものかこの麦の芽に

深大寺万葉植物園を巡る。園内の草木ことぐ〳〵万葉の歌書きしるされたり

枯葉あまた散りしく道を木の間ぬひめぐりめぐりて眺めあかぬも
見上ぐれば桐の大木青空に繁枝のばして雲ながる見ゆ
木の葉洩れうつる日影に清水湧き小鳥さへづりにぎはしきかな
なみ立てる木々のことごとつばらかに万葉の歌書かれしこの山

物はよしとぼしかれどもかくも深く自然をめでしゆたけき生命よ
一つ草一つ木々にもつきぬ思ひ歌ひ上げたる我等の祖先よ

深大寺は天平時代に建てられしもの、一老僧に案内を請ひて寺内見学

天平の御代に建てられしと云ふ高処大き寺内しめやかなるかな
しめやかに語り出でたる老僧の声にしばしは当時をしのびぬ
やはらかに両手をさゝへて仏像は統一されし緊張を示しぬ
生くるもの、全ての悲しみ胸内に秘めたるごときこれのみ仏

河野正臣夫妻　宛（註　実姉夫妻）

兄上様、姉上様
私は今朝九時に入営致します。
今、四時十五分であります。先から目を覚まして、様々のことが胸中を去来致し、整理すべくもありません。

私はつひに「不忠不孝の臣」でありました。

永久にまぬがれ難い罪を思ひます。これは、如何なることを以てしても償ふべくもありません。

今日迄、御便りも差上げませんでした不信の洋を御ゆるし下さい。

私は今朝、門出致すにつきましても、はるかに、北満の地より、兄上様、姉上様のつきざる祈りを直接身に感じます。何時も、家の人と共に、御二人とも共にあることを信じてゆきます。

唯今は、ひたすら大みことかがふり、何事もかへりみなくて征きます。

最後に、兄上様、姉上様、通文チヤンの御健康を祈り上げます。

久しくも尽きぬみめぐみたまはりしみこゝろ死すとも忘ると思へや

昭和十八年十二月一日午前四時五〇分

兄上様

姉上様

外の皆様にも宜しく御つたへ願ひます。

（『続いのちささげて』昭和五十四年、社団法人国民文化研究会刊より）

手塚顕一命

陸軍少尉　第五十一師団歩兵第六十六聯隊　昭和十八年七月十日、ニューギニア歿　五十期道義学科卒

昭和十六年

夜久兄を送る

にしひがし休らふまなく戦ひし君征きますか花のさかりを
神つ代のすがたさながら太刀はきて征でます君の雄々しかりけり

（日刊『日本太郎』昭和十六年四月二十四日）

藤田恒男兄にかへし（註　一高昭信会の先輩・広島在住）

天ざかる鄙《ひな》よりみ歌はろばろと送り給ひしみ心懐し
一語一語誦しまつりゆけば胸せまり奇しきいのちの通ひあふなり

分れてもつながるいのちくしきえにしひたに偲びぬ君がみ歌に
君に会ひみ歌誦しまつりてうつし世に生くるいのちの貴さ知れり
えにしありて共に暮し丶こ丶だくの思ひは失せじいのちのかぎり
（日刊『日本太郎』昭和十六年四月二十九日）

「天皇御親政について」から
しきしまのみちが「世の中のまことのみち」と云はれるのは、その直接経験が動かすべからざる時間的空間的な唯一の真実性を有するからであります。
（日刊『日本太郎』昭和十六年六月十五日）

正大寮一周年記念に
大海の千重の八重波おし渡り進みしあとを思へば悲しも
友と呼び友と呼ばれつうつし世に戦ふことのかりそめならず
むらぎもの心のま丶に進むときし神のまもりありと我ら信ぜん
五月雨のあがりしのちの静けさに緑いやます杉のむら立ち

この朝けひとむら雨にさ庭べの小草も緑をきそひてぞ見ゆ
（日刊『日本太郎』昭和十六年九月十八日）

北白川宮殿下御戦死一周年

み軍のさかりの時し蒙疆《もうきょう》に神あがりましてゆ一とせ過ぎぬ
大君の勅かしこみ征で給ひし猛きみ心いま仰ぐかな
大君につくす誠のかたきかな空しく過ぐる年月思へば
（日刊『日本太郎』昭和十六年九月十九日）

藤原兄を偲びて（註　藤原邦夫氏、本書前編『いのちささげて』に収録）

淋しくも親しきゐまひたゝへ給ふ君がおもわを忘れかねつも
「戦はむ」とわれはげませばニッコリとうなづき給ひしみ心なつかし
一言も述べ給はねどなつかしさおもにたゝへしみ姿恋しも

『霊戦』を読みて（註　藤原邦夫遺稿集）

人の世の乱れと戦ふ若竹の友のいのちに涙流しぬ

「いつはりの世をまだしらぬ幼子」とふ大御歌を仰ぎまつりしみ心偲ぶも
しきしまのますらをのみち今の世に絶えむと思へやいまこゝにあり

（日刊『日本太郎』昭和十六年十月二日）

先輩師友の御霊に捧げまつる
秋晴れの澄みたる空のいや遠く思ひは果てなしみおや偲べば
吹きさそふ秋風さびし亡き友もみくにの行末なげくともへば
なき友のみ霊のまもりいやかたく思ひてやまず乱れゆく世に

（月刊『新指導者』昭和十六年十二月号）

「大詔のまにまに」から

繰上げ卒業（註　昭和十六年十二月）となつた我々は新春二月、晴れの入営をするのである。思へば永かりし学生生活、今や筆を剣にかへて詔のまにまに戦に赴かんとするに際して、胸中に湧くおさへ難き思ひは祖国に対する切なる祈りである。（中略）我々が幾年祈りつづけて来た思ひを記した「留魂文」（註　本書前編『いのちささげて』一三六ページ参照）は翌日（註　昭和十六年十二月十八日）靖國神社に奉納せられた。

我々はこの数週間（註　十二月八日、宣戦布告の御詔書を拝し奉つてから）の感激を永遠に忘れることが出来ない。そしてまたそれが永遠に子孫に伝へられ、故国に留められんことを祈るのである。

（『週刊朝日』昭和十七年一月十一日号「出陣学徒の言葉」所収、本人の寄稿）

昭和十八年

手塚玄宛（註　実兄）永らく御無沙汰しました。皆様お変りありませんか。小生頑健につき大いに御安心下さい。毎月俸給の一部が補充隊より留守宅宛に送金されますから、御面倒乍ら父上の小遣として御転送下される様にお願ひします。又俸給の一部より書籍、雑誌（中央公論、改造、日本評論、公論）新聞を購入して送つて下さい。慰問袋には日用品は一切不用です。扇子と「わかもと」「エーデー」類の栄養剤をお願ひします。

それから留守宅はそちらになつてをりますから、若し移転した際は補充隊の方へ届ける様にして下さい。

戦争といふものは実に勉強になるものです。

内地も梅の季節ですね

皆様お体を大切に

（昭和十八年　南海派遣基第二八〇二部隊　松井部隊　田村隊）

（前出『続いのちささげて』より）

永野偶命

陸軍中尉　第一三六飛行場大隊　昭和二十年九月一日、比ルソン島ヌエバビスカヤ州歿　十七年予科修了

遺　書

天下の正道を濶歩《かつぽ》し、戮力《りくりよく》協心世の範となるべし。我が家の誇りに生きよ。

祖母上
母上に
父の道を行かむ、死するとも悔あらず、我が生涯を顧れば幸これに過ぐるものあらんや、之が為孝養の勤足らず兄としての任を果さゞるをうれふるのみ。
今戦に臨み君国の為に死することあるも毫も憐れと思召《おぼしめ》すべからず、悠久の大義に生き得ることを共に欣び給へ。
弟
妹に
我が為せる道を一つの資となし、更に強く、更に明るく、更に正しき人となるべし。我

は神となり汝等が上を深き愛をもちて見るべし。

親戚郎党の人々に

たゞ労を煩《わづら》はすのみにして何等の御恩報もせず、今君国の為に賤命を捧げまつりて仇敵を撃たむ。後にせる母、弟、妹に永く隣保《りんぽ》の扶助《ふじょ》を庶幾《こひねが》ふ。

恩師、朋友に

御蔭をもちて、すめらみたみとしての道を謬《あやま》ることなく践《ふ》まむ。茲に生前の御厚恩を拝謝す。我死なば神とならむ。神道とは何ぞ、神の道なり、即ち神達の行ひたまひし同じき道を我等のまねび行ふを言ふにて日々の為すこと悉《ことごと》く神道たり。神の道、神々の為し給ひしことは神典といはる、古きふみに明かなり、又国史を通じて神道存す。

謹みて遺書す

昭和十九年八月十七日

出陣賦

秋深く母に侍りて日毎日毎いくさに出づる身はきおひ来れ
我なれど尊く覚ゆ幼なけど身は誇られる征く我にして

（前出『同期会結成三十周年記念誌』より）

二宮頴命

陸軍少尉　中部第八部隊　昭和二十年六月十日、中千島松輪島洋上歿　十七年予科修了

弱き超士の随想

「己レノ学ハ正ニ大義ニ徹スルノ学タルベキナリ　道近クシテ遠シ　励マム哉」
彼はこんな事を紙片に書いて、頭の或一部分でこれを肯定し、他の部分で否定しながら——この哀れな分裂に殆んど自暴自棄的になりながら、それでも統一の光を望んでゐる青年である。彼は実践力の強い、しかし理論に臆するそれだけに、彼はモットーが必要であり、大義を実践しながらも、理論に迷ふ、過去と現在、現在と未来、旧体制から新体制への過渡期に立つ、いはば現代青年の歩みを苦しみ楽しんだ青年である。

三太郎ではないが沈潜の心

俺は沈潜せねばならぬ、沈潜の心は実体をつかむ、真理の彼岸に到達せむとするものは沈

潜せねばならぬ。わづらはしい人との交渉塵境《じんきよう》の最中に立つてゐる時、俺は誰であるか、俺は俺であることすら忘れかける。俺も塵となつて飛んでしまひさうだ。俺は沈潜によつて俺自身であり、沈潜にこそ俺の世界があるのだ。俺は俺であらねばならぬ。かういふ簡単な自同律が失はれる時不安になる。これこそ自同律の崩壊である。論理の互解である。世界の滅亡である。神への道の杜絶である。さうして自同律を復帰せしむるものは沈潜の心である

十月十五日夜

俺は死が恐ろしい。併し死そのものが恐ろしいのではない。死とは何だらう。人間一切の中止、いや精算、これが死だらうか。

霊魂不滅は一体真実だらうか？

思考は何処から生まれるものか、しかし俺は疑へない。死とは思考の止揚《しよう》なることを。

俺は恐ろしい。俺が死んで、しかもその死を自覚出来ないのだ——

俺は死後の新源が恐ろしい。

（前出『同期会結成三十周年記念誌』より）

深瀬文一命

陸軍兵長　戦車第十九聯隊　昭和十九年八月十九日、「北緯一九度五分、東経一一九度二五分」海南島東方海上歿　五十三期国文科卒

十津川に落ちのび給ひける護良親王を偲び奉りて
きびしかる葦の瀬川の水の音と皇子《みこ》すらさへや嘆き給ひぬ
天忠の大き男の子の裔《すゑ》我と仕へまつらむ万代《よろづよ》までに

野崎主計先生を憶ふ（二首）
山の辺の紅葉静かに散らふなべ汝《な》が悲しみは極まりにけむ
苦しびを独り耐へつつゆゆしくも腹切りにけむ思へば悲しも
美《うま》し穂ゆいはひ醸《かも》せるそらにみつ大和の酒は酌めど飽かぬかも
ひむがしの方に向ひてはるけくも草莽の思ひ嘆きするかも
いにしへゆ大君の辺に生き死にし御親思へば涙し流る
みよしの、わがふる里の端《たぎ》つ瀬の絶ゆることなく仕へまつらむ

大正十年、奈良県吉野郡十津川村に生る。天忠組幹部深瀬繁理大人の一族。郷里の中学を経て、昭和十五年國學院大學に入学。弁論部に入り、大東塾並に「ひむがし」に結ばる。天忠組義挙の研究に努む。十八年二月一日、学徒出陣。十九年八月十九日バリタン海峡に於て戦死。享年二十四。

（前出『つるぎと歌』より）

諸井國弘命

海軍大尉　戦闘第三〇六飛行隊　昭和二十年五月十一日、南西諸島方面歿　十八年予科修了

昭和十九年八月三日（出水海軍航空隊にて　日記）

待たれる雨も来ず、今日も暮れんとする。

夕焼の美しい空も真にうらめしい限りである。あの空は故郷に、或は南方の最前線に続いてゐる。涯しない大空を仰ぐ時、何万年かのこの地球宇宙の歴史に、この身は軽く誠に軽々ととけこんで行く。ああ誠に美しい夕暮の空である、神州の御空である。この皇土を侵さんとする英米、我等断じて守ら

んかなである。

併しその一面夕空は何ともいへぬ感傷にさそふ。幼な子の自分、友達と別れて家に帰るをいやがり、ふと仰いだ夏の頃の空もこんなであつたらう。或は胸に秘めた想ひに夢みる眼で欅のこずゑから仰いだ空も、今この空と何処が異なつてをらう。

大空は涯しなく変りない。変るのは世の中と人の身のみ。静かな夕暮の一刻、想ひ出は続々と走馬燈の如く脳裏を走り行く。

私はいかにもだるい夏の昼すぎの空気が非常に好きである。いまでもはつきり思ひだす。去年の夏の事。未練がましい、今更何を言ふ。俺は天下の海軍予備学生ではないか。シャバの甘い汁を余り吸ひすぎたかな。

昭和十九年八月十九日（出水航空隊から　書簡）

拝啓　第二信を差上げます。毎日々々本当に暑い日の続く折柄、父母上様はじめ皆様お変りないことと思ひます。私も元気でをります。当隊へ来てから早や二ヶ月余り、飛行機の方にも漸く少しは慣れてきましたが、まだまだ赤ん坊です。この頃は編隊飛行の単独が始まつてゐます。これはほんの一瞬も気をゆるめると、空中衝突といふ真に恐ろしい結果になりますので、降りて来た時は口がからからにかわきさつてゐるやうなことも再三ありました。何しろ烈日下の訓練のこととて、体はくたくたになつてしまひます。秋風の来るのが、待ち遠しくてたまりません。ここの教課もあと九月一杯で、今度は実用機の方へ行きます。私は戦闘機を志願し、決定したやうです。戦闘機の実用飛行隊は、またもとの土浦の近くの筑波か、朝鮮の元山です。

楽しみにしてゐる休暇は、いつ許されることやら、さつぱり分りませんが、それだけに余計に待たれます。とにかく御守護を頂いて、事故だけは起こしたくないと思つてゐます。

兄上はどうも騎兵の方ではないかと思はれますが、もう戦地へ行かれたでせうか。陸海と異なるとは言ひながら、御苦労のほどは、一番よく分るやうな気がします。慶郎なども気の毒には思ひますが、これも御国のため、勝たねば何とも仕方がありませんから。

父上もすでに炭鉱の方へ行かれ、いろいろ御苦労下さつてゐることと誠にかたじけなく思ひ、それにつけても母上のお仕事も色々とできて来、お疲れも多いことでせう。私は本当のところ、父母上はじめ、慶郎、松子の体の調子が悪いと知つたとき一番心をつかひます。父母上様から元気なお便りを頂く時が一番うれしく、お体さへ御丈夫でゐて下されば、何はともあれ安心して飛行機にのれます。どうかくれぐれも御無理なさらないやうにお大事にお務め下さい。お願ひ致します。

それからこれは松子へのたのみ、慶郎も名古屋の方へ行つて留守で、写真機が遊んでゐると思ひますが、お前も少し練習して徳代や慶一郎の近況を写して、兄上に送つたり、時々記念を残して、アルバムを作つてこの兄に見せるやうになつてくれ。この時期にと思ふかも知れないが、それも一つの残された者の仕事のやうに俺は思へる。

とにかく兄は毎日元気に明朗快活にやつてゐるが、しかし一度飛行機に乗れば、絶えず死に直面する。特にこの頃は色々の関係で、事故が多いやうだ。しかし兄は、毎日家の者は誰も見たことのないやうな地球を眺めてゐる。お前も多忙なことと思ふが、現在父母上と一番近しいところにゐるのだから、御多忙の父母上様をお援けして、俺が家にゐた時に示したやうなことはやらずに、家にゐない兄弟の分まで孝行してくれ。何だかセンチなことを書いたが、兄はこの頃、段々こんなことを考へるやうになつてきた。それがつい出てしまつた。不悪《あしからず》。

兄たちの生活は愉快なものだ。面白い奴ばかりゐる。その点では、まことにめぐまれてゐる。真夏の訓練とて、もう鼻の皮は三度むけてしまつた。地上にゐる時は南国の焼けつくやうな太陽がてつてゐるが、千五百ぐらゐまで昇ると、まことに心地よい秋風が吹いてゐるね。兄は皆より一、二ヶ月も早く秋風を楽しめるわけだ。このごろ一番楽しいのは、やはり外出と雨の降る日である。これは娑婆の人間には、ちと味が分らんだらう。今度お前たちと逢ふ時は、桜を一つつけてゐるかも知れない。休暇が待たれる。最後にこの手紙のことは、公に隊の方へよこす手紙には書かないでくれ。

昭和二十年三月十四日（筑波航空隊にて　日記）

今日は、ふと日記を書く気持になつた。

外はしとしとと、小雨が降つてゐる。「バス」（入浴のこと、海軍用語）に行く時、小雨に煙る外を見た時、何ともいへない淡い淋しい想ひ出が、ぼーつと頭に浮んできた。死といふ最も厳粛な事実が日一日と迫つてくる今日、何をいひ、何を考へよう。ともすればデカダンにならんとするわが心を制し、強く正しく導いて行くものは、この俺の心の奥の奥にある神である。しかしまた、ある一面においては自分の心は、良いデカダンにならんことを欲してゐる。それはこの自分の赤裸々な姿を、心を、表して見たい。若い人生の最後において。しかし今は、何だかまだそれが恐ろしいやうな気もする。だがこの一日々々の貴重な時、自分の心の中にある二つのものが相争ふやうなことは、考へて見れば実にもつたいないことである。しかし最後まで、これで良いのかも知れない。

今日母上より葉書を頂く。忘れよう忘れようとして、なかなか忘れられない家のこと。このなつかしい吾が家も、国家あつての吾が家。国家なくして何の吾が家ぞ。今正に国家危急存亡の秋、この祖国を護るのは誰か、我々をおいて他に誰があらう。この頃は以前のやうに、過去に対する憧憬なんてものは、なくなつてしまつた。と言つて未来は、目の先にちらついてゐるもの以外には、何もない。

静かな諦念《ていねん》か。夢、夢……夢の一語に尽きるやうな気がする。

三月二十五日

追憶ほど楽しきことはない。我々の現在に美しきものは、心を楽しくするのは、追憶の他なし。しかし、未練がましい追憶ではない。自分の心を清く正しくするもの、これである。我々の前途はあまりにも短く、太い。

世は春なり。時が時なれば、わが世の春を歌ふであらう。桜咲く日本は、あまりにも美しい祖国也。桜咲く春四月、希望に胸をふくらませて上京したあの頃は、実に歓喜の頃であつた。

人生二十三年、今の自分の心境は、死に臨んで任務を達成すること。それの出来得る心境への、日々の修行のみ。

昭和二十年五月一日（鹿屋基地から　書簡）

今更何とて書く事もありませんが、今日は再出発も出来ず、宿舎とは名ばかりのお粗末な真に第一線の「アバラヤ」に、「ローソク」の灯の下に遥か故郷の山河を想つて筆を走らせます。我等一度出撃せば只体当たりのみ。人生二十三年回想するも只夢の一語に尽く。今日の為に過し来し二十三年、数日の後には懐しき我が家に帰らん。我が心境水の如し、人事を尽して天命を待たんのみ。過日征途の途中、袋井、奈良の上を飛ぶ。我が故郷の空を飛び、心より皆の健康を祈りて別れの一瞬を得たるは誠に幸なりき。

青き面に飛び行く影は落せとも
　誰か知らなんはれの征途を（月次祭午後一時頃）
今日の為生きながらへし我が命
　砕きて散らん敵の空母を
大君の命のまにまに我は行く
　海原はるか沖縄の空

時来れば散らん桜よ春の凬
　永久に咲かさん国の御華（花）を
（母上の御蔭か歌が自然に作りたくなります）
青き風心あらば伝へてしかな
　愛機に映る我が微笑を
我等断じて皇国を永久に護らん。一億の国民があげる最後の勝利の万歳を、地下にて共にさけばん。
御両親様、國弘は先に逝きて、何時の日にか父母上の来られるのを待つものなり。五月雨に洗はれたる緑こき木々も、秋来れば散るを知るなり。
父母上様何卒末永く御健勝に御暮し下されん事を、深く深く御祈りして御別れ致します。
松子、慶郎殿後の事は任せた、父母上をたのみます。中河の姉上によろしく御伝へ下さい。母上様何卒強き海鷲の母上であられます様お願ひします。
　　感傷的かも知れませんが
　　　永久にさやうなら
　　　　　　　　國　弘
父母上様

外皆々様

五月六日

拝啓

既に此処南の第一線基地に来てから旬日、不思議に命長らへてまだゐます。今日は出撃だと思へば又然らず、併し明日知れぬ我が命、一度出撃せば体当り、五体爆弾と共に若桜御国嵐に散ります。最新鋭戦闘機を愛機として行けるのは誠に幸福です。

現在の心境神様のみ御存知です。

毎日家の夢を見ます。もうきつと魂は家に帰つてゐるのかも知れません。凡人でも立派にやる事だけはやつて、御期待に副ひます故御安心下さい。今度敵空母撃沈の報があれば、國弘は靖國神社へ行つたと御思ひください。二十有三年の御厚情、この一挙に報ひさせて頂きます。御国の為家門の為、一生懸命に祈つて征きます。沖縄の空へ敵空母めがけて。誰かがこんな歌を作りました。

我が五体敵艦もろ共砕くとも
折には帰る母の夢路に

飛行機に乗れば何もかも忘れて了ひます。良いですね。皇国の弥栄《いやさか》と父母上様の御健勝を祈つてお別れします。

追、筑波の方から私の荷物が行く事と思ひます。「コウリ」と「ボストンバック」です。写真はその中誰かから送つてくれると思ひます。

左様奈良

(友の母に託しました)

遺書

不肖國弘時有リテ特攻隊ノ一員ニ加ハル事ヲ得、誠ニ日本男子ノ本懐コレニ過グルモノナシ

然リト雖モコレ皆我ガ信ズル神々ト、父母上ノオ蔭ト深ク深ク感謝スルモノナリ

思ヘバ我三才ニシテコノ世ニアラザリシモノヲ、幸ニシテ今二十有三才迄生ヲ享ク、今朝敵米ノ野望漸ク皇土ニ延ビルノ時、コノ敵ヲ一挙ニシテ海底ノモクズト化スノ重任ヲ負フ、コノ任果サザレバ死シテモ已《や》マジ、名誉ナル哉

後ニ思ヒ残ス事トテ更ニナシ

皇国ノ弥栄ト皆々様ノ末長キ御健捷《けんしょう》ヲ衷心ヨリ祈リテ遺書トス

國弘

父母上様

筑波海軍航空隊にて　日記

四月〇〇《ママ》日

明日は出撃　いざ征かん沖縄の空に
散りて甲斐ある命
父母上様　永らく御世話になりました
国家の為　一門の為立派に死にます
皆様の末永き御健康を祈ります

この日記、家の者のみ一読されたら焼いて下さい。

四月の月次《つきなみ》祭の前に

父上　母上

お先に失礼します
兄上
御世話になりました
何卒御奮斗ください
松子、慶郎
俺の代りに親孝行
されたし
また飛行機とユビワをこの箱の中
に入れておくよ　記念とせよ
中河の善太郎
立派な日本の子供に
なりなさい
愛機
と共に体当り

（『青い風』昭和三十年、諸井慶郎刊より）

山川弘至命

陸軍少尉　第一五七飛行場大隊　昭和二十年八月十一日、台湾屏東南飛行場歿　四十八期
国文学科卒

昭和十八年六月二十五日召集を受けてより七月二日までの歌

日の本の神の御旨《みむね》を天地《あめつち》のそきへのきはみ布《し》かんとぞ思ふ
ますらをのゆくとふ道の正道を直に征かんとす生死は思はず
文の道剣の道と日の本のますらをの道直に征かん我は

乙女子の床《とこ》の辺《べ》に斎《いは》ふ神棚に幣《みてぐら》たてまつり出で立つ我は
若草の妻の手はなれ出で立てば万葉集の防人思ほゆ

昭和十九年十一月

月光

今宵月明らかに
大屯の山脈しづかに眠る
嗚呼《ああ》　遠き故国の父母よ
はた　わが妻よ　はらからよ
今し　この明るい月光を
御身らも　ふるさとの板縁にうち集ひ
眺めつつ　我がうへを偲びますらむ

幼くて渉りし小川
幼くて駈《はし》りし野山
月の光の明らかに
照らせるはてに幻のごとくにも

今もいと明らかに我が眼底に浮びくる
伴《とも》の隼雄《はやを》と太刀《たち》佩《は》きて
御言《みこと》畏《かしこ》みわたつみの
奥処も知らずみんなみの
華麗の島（註　台湾）に来りしが
月光明き夕には
ふるさといとど恋ほしけれ

嗚呼父母よ我が妻よ
はた妹よ　弟よ
海山如何にへだつとも
我が大君《おほきみ》の大御言《おほみこと》
果して我のかへるまで
まさきくいませその日まで

ふるさとの秋月明く
かの背戸山も谷川も
さやけく照りてしづかなる
せせらぎの音も聞ゆがに
かへらぬ日々をおもへとか
泣けとごとくにむせぶがに

嗚呼遠き日よ
かへらざる幼き日々よ
月明き今宵をひとり
この兵舎のバルコンに立ち
み空にかかる月の色
忘れむとすれどいよいよに忘れがたき
わが父母よ　わが妻よ

今宵おん身らも

かの赤くうれたる柿の実の
たわわに影をうつしたる
かの縁側にうち集ひ
この明るき月をながめつつ
またわがうへを偲びますらむ

◎この詩（月光）いまひとつ浄書してコギトの方に送つておきましたから　中河先生には送らぬやう注意されたし　コギトは　家の方に送つてもらふやうにたのんでおいたから　そちらから回送で航空便で送つて下さい　右《ママ》

神風特別攻撃隊

東に三千年の
悠久の歴史流るる
天地に照り透ります
日の神の国の男の子が
天駈《あまかけ》る天《あめ》の鳥船《とりふね》

夷《えびす》らに手振《てぶり》見せばや

大いなる神のみ旨を
知らずしておぞのアメリカ
寄せ来ぬる醜《しこ》の仇船《あだふね》
吹きはなちやらふ神風
さはやかにいとさはやかに
この朝空を渡りぬ

久米《くめ》大伴《おほとも》の遠つみ祖《おや》の
神の代ゆ伝はり来ぬる
日の本のもののふの血の
たぎりつつ身を火の玉と
おのづから打ち砕きつつ
敵艦を海にしづめぬ

うつそ身のうら若き身を
国護る神となしつつ
南冥《なんめい》のかの青空に
日の本の益良武夫《ますらたけを》の
大御業《おほみわざ》仕へまつると
千早《ちはや》ぶる神の手振は

天地と窮《きはま》り知らぬ
日の本の神のみ国を
汚さむと醜の仇艦《あだふね》
来るとも海の藻屑《もくづ》と
粉々に破り砕きて
遂げずば止まじ大和魂

この詩は中河先生の方に出してもよろしい

そのごはおかはりなくおくらしのことと拝察いたします
この二つの詩はぜつたいに失はぬやうにして必ず京子に渡して下さい　もし京子在京中ならば東京に送つて下さい　私の生命は文学にあるのですから　もしこれを失つたりしたら自分の生命をけづりちぢめてゐるのだとおもつて下さい　今年中に詩集位まとめねばこちらは生きるかひもありません

尚いよいよ元気でをりますからご安心下さい

返事は航空便でないと絶対につきませんからそのつもりでゐて下さい
拙著　航空便にて三冊おくつて下さい

尚東京の田中様方京子あてに古事記を訳した長詩の原稿百枚ばかり三つの封とうに分けておくつておきましたから　ついてゐるかどうかをききあはして　ついてをりましたらご返事下さい
あの古事記の原稿はあれ丈でまとめ一冊の本として　折口　保田両先生に序文をもらつて出版します　あと半分はこのつぎの便でおくります

岐阜県郡上郡八幡町常盤町　山川新輔宛　藤沢市南仲通二丁目　赤木方（仮称）より　昭和一九・一一・一九　封書

（『山川弘至書簡集』平成三年、桃の会刊より）

山口輝夫命

海軍少尉　神風十二航戦二座水偵隊　昭和二十年六月二十一日、南西諸島方面殁　在学生

御父上様

何等の孝養すら出来ずに散らねばならなかつた私の運命をお許し下さい。急に特攻隊員を命ぜられ、愈々本日沖縄の海へ向けて出発致します。命ぜられれば日本人です、ただ成功を期して最後の任務に邁進するばかりです。とは云へ、やはりこのうるはしい日本の国土や、人情に別離を惜しみたくなるのは私だけの弱い心でせうか。死を決すればやはり父上や母上、祖母や同胞たちの顔が浮んで参ります。誰もが名を惜しむ人となることを希つて止まないと思ふと、本当に勇気づけられる様な気持ちが致します。必ずやります。それ等の人々の幻影に向つて私はさう呼ばずには居られません。

併し死所を得せしめる軍隊に存在の意義を見出しながら、尚最後まで自己を滅却してかからねばならなかつた軍隊生活を、私は住み良い世界とは思へませんでした。それは一度娑婆を経験した予備士官の大きな不幸と云へませう。何度か送つていただいた大坪大尉の死生観も、実は徹し切つて居るやうで、軍隊の皮相を云つたに過ぎない様な気がします。生を享

けて二十三年、私には私だけの考へ方もありましたが、もうそれは無駄ですから申しません。特に善良な大多数の国民を偽瞞《ぎまん》した政治家たちだけは、今も心にくい気が致します。併し私は国体を信じ愛し美しいものと思ふが故に、政治家や統帥《とうすい》の輔弼者《ほひつしゃ》たちの命を奉じます。

実に日本の国体は美しいものです。古典そのものよりも、神代の有無よりも、私はそれを信じて来た祖先達の純心そのものの歴史のすがたを愛します。美しいと思ひます。国体とは祖先達の一番美しかつたものの蓄積です。実在では、我国民の最善至高なるものが皇室だと信じます。私はその美しく尊いものを、身を以て守ることを光栄としなければなりません。

沖縄は五島と一緒です。私は故郷を侵すものを撃たねばやみません。沖縄は今の私にとては揺籃《ようらん》です。あの空あの海に、必ず母や祖母が私を迎へて下さるでせう。私はだから死を悲しみません。恐しいとも思ひません。ただ残る父上や、多くの同胞たちの幸福を祈つてやみません。父上への最大の不幸は、父上を一度も父上と呼ばなかつたことです。しかし私は最初にして最後の父称を、突入寸前口にしようと思ひます。人間の幼稚な感覚は、それを父上に御伝へすることは出来ませんが、突入の日に生涯をこめた声で父上を呼んだことだけは忘れないで下さい。

天草は実に良い所でした。私が面会を父上にお願ひしなかつたのも、天草のもつよさのためでした。隊の北方の山が杉山と曲り坂によくにた所で、私はよく寝ころびながら、松山の火薬庫へ父上や昭と一緒に行つた想ひ出や、母の死を漠然と知りつゝ、火葬場へ車で行つた曲り坂のことなど、想はずにはをれませんでした。

私が死ねば山口の方は和子一人になります。姉上も居りますし、心配ありませんが、万事父上に一任致して居りますから御願ひ致します。

歴史の蹉跌《さてつ》は民族の滅亡ではありません。父上たちの長命を御祈り致します。必ず新しい日本が訪れる筈です。国民は死を急いではなりません。では御機嫌よう。

出発前　　　　　　　　　　　　　　　　　　　　　　　　輝夫

（別葉）

名をも身をもさらに惜しまずもののふは

守り果さむ大和島根を

（『あゝ特別攻撃隊』昭和四十二年、北川衛編著、徳間書店刊より）

追悼

戦歿同期生追悼詞

昭和十七年度後期入学　鎌田純一

戦歿同期生諸兄ニ鎌田純一謹ミ告ゲ奉ル　顧ミルニ東亜ノ風雲急トナリタル時期ニ育チタル我等　国学ヘノ志立テ　昭和十六年四月國學院大學予科ニ入学シタリシガ　ソノ十二月八日大東亜戦争勃発シ　学窓ニ学ブコトノミヲ許サレズ　翌十七年四月赤羽陸軍被服廠《しょう》ニ勤労動員シタリシソノ最中　敵機白昼帝都空襲ノ挙ニ出デ　我等赤羽上空ニソレヲ目撃セリ　ソレユ予科二年ノ修学年限ヲ半年短縮セシメラレ　九月ニハ予科ヲ修了　十月学部ニ入学シタレド　戦局次第ニ我ニ利アラズ　翌十八年我等大半ガ満二十歳トナリ　学徒トシテ徴兵延期願ヲ提出セシニ　ソノ十月文科系学徒ニ徴兵延期令停止サレ　所謂《いはゆる》学徒出陣ノコトトナリ我等トモニ出陣シタリ　我モ海軍ニ入リ戦ヒタレド　兄達烈《はげ》シク戦ヒ戦死サレ　マタ戦病死サレタリ　コレ我復員後ニ次々ト聞キシ日ノコト想起シツツ　戦死戦病死サレシ日ヲ追ヒ偲ビ奉ルニ　昭和十九年十二月十九日三木庄一郎君中国浙江省温州東方海上ニテ戦死サレタリ　俊秀ナル君同期生戦死者中デモ一番早ケレド　沈着ニ行動サレシコトト信ズ　今ソノ海

域如何ト想フ　次イデ昭和二十年一月三十日久保大君フィリピンニテ戦死サル　明朗快活ナル君　時ニ激シキ闘争心ミセラレタルコト知ル我等　君ガ最後ノ御顔　御態度察シ敬ヒマツル　続イテ四月二十四日髭面ノ快男児井上一男君マタフィリピンニテ戦死サル　君ガ部下君ヲヨク慕ヒシコトナラン　君今現世ニ在セバ愉《たの》シキニト偲ビマツル　五月四日矢野幾衛君神風特攻隊員トシテ　我ガ本土ニ接近セシ敵機動部隊ニ対シテ出撃　南西諸島海上ノ敵艦ニ「我突入ス」トノ信号音発シツツ突入戦死サレタリ　今海上自衛隊鹿屋航空基地隊ノ資料館ニ　君ノ功績掲ゲラルヲ見得ルコト感深シ　同ジキ五月ノ十二日石森文吉君　海軍省人事部モ母一人子一人ノ君ガ家庭ヲヨク見タルカ　君ヲ海軍飛行予科練習生ノ教官配置トシタレド君ヨク当ラレシニ病ヒニ侵サレ戦病死サル　君ガ母堂昭和三十四年ノ同期生物故者慰霊祭ニ来ラレ　ソノ後我等ノ訪問マタ便リヲ楽シミトサレタレド　平成十一年六月九十九歳デ君ガモトニ逝カル　感深シ　又同ジキ五月ノ三十一日篠原直人君フィリピンニテ戦死サル　宮崎県都城市近クノ出身ノ君　自ラ天孫族《てんそんぞく》ト称シタレド　君ノ明ルキ性格　部下モ苦シキ戦ヒノ中ニモ　君ヲ見習ヒ明ルク　自ラノ使命ヲ知リ勇敢ニ戦ヒシコトナラン　君ノ奥津城《おくつき》ヲ守リ我等訪ヌレバ案内下サレシ　共ニ拝サレシ君ノ姉君　昨平成十四年四月他界サレタリ　君姉君ヲヨク迎ヘ給ヘ　六月十日二宮顕君千島上空ニテ散華セラル　君ガ継承サルベキ瀬戸市ノ世襲奉仕神社ハ　御一族ヨク奉仕サレ　君ガ戦死後二十余年経テ誕生ノ姪御　君ガ戦死ヲ家

門ノ誉レト云ハル　君愛シト褒メ安ンゼラレヨ　同ジキ六月ノ十五日柴崎美茂君沖縄ニテ戦死サル　寡黙ナル君ナレド　部下ヨク君ノ人格ヲ仰ギ　トモニ烈シク戦ヒシコト信ズ　君ガ妹御　今モ君ヲ慕ヒ尊敬サルヲ見行ハセ　同ジキ六月ノ二十日金重要君同ジク沖縄ニテ戦死サル　君ガ母堂　長ク我等ト連絡下サレタレド　ソノ文面ヨリ君ガ床シク教養高キ家庭ヲ察シ　君ガ最期モ床シカリシト想ヒタリ　七月三十日関汎三君フィリピンニテ戦死サル　学部在学中既ニ考古学ニ大キナル業績ヲ挙ゲツツアリシ君　今在セバト思フコト　我ノミニ非ズサミシ　八月六日広島ニ投下サレタル原子爆弾ハ　多田改造君ヲ瞬時ニシテ奪フ　君呉線経由シナガラ　竹原市ノ家ニ寄ル余裕モナク任ニツカレテノコト　口惜シ　君ガ姉君　昭和五十一年我等同期生会ニヨル母校デノ慰霊祭ニ参列下サレシ時　「遠クキテ我ノフレヰル古キ門　ココ出デ征キテカヘラヌ弟」「学バムト来シ弟ノ仰ギシヤ　校門ノ樟《くすのき》若葉匂ヘル」「平ラケキ世トハナリツツ女子学生　スガシクユキ交フ学徒碑ノ庭」ト詠マレシガ　今年モ年賀状デ　君ニ対サルルゴト我等ヲ励マシ下サルヲ　君見行ハセ　斯クテ八月十五日戦ヒ終リタレド　八月三十日満洲ヨリ漸クニシテ引揚ゲ来リシ森下秀憲君　父君ヘノ挨拶モソコソコニ倒レ　立チ給ハズ戦病死サル　寂シカラズヤ　九月一日戦ヒ既に終リタルニ　フィリピンニ戦火ナホ治ラズ　永野偶君戦死サル　哀シカラズヤ　君ガ京都木津ノ家郷ニ　弟御　君ヲ慕ハル　見行ハシ御守護リマセ

我モ海軍ニ入リ　少尉任官後駆逐艦航海士トシテ　主トシテ北洋ヲ馳セ　敵潜水艦ノ哨戒掃蕩《そうとう》ノ任ニ当リ戦ヒタレド　七月十四日敵機動部隊ヨリ飛来ノ艦載機群ト交戦　終ニ我艦大破航行不能トセシメラレ　多クノ戦死傷者ヲ出シタリ　我ノ居リシ艦橋ニテモ二名ノ戦死者出セシガ　敵弾我ヲ外レ　他ノ日ノ戦ヒニモ我死処ヲ得ズニ終リ敗戦ヲ迎ヘタリ　ソノ時ノ驚愕　苦悩　今モ筆舌ニ盡《つく》シ難ケレド　猶軍務ニ在リ　冷静ニ行動シ得タリ　然シ九月充員召集解除サレ任モナク　国内ノ混乱日毎烈シクナルヲミテ　我如何処スベキカ焦燥シ　我仰ギシ予科二年時ニ『講孟劄記《こうもうさつき》』ヲ教ヘラレシ橋口兼夫先生ニ御教示頂カント　先生宅ニ参上セリ　然ルニ先生既ニ此ノ世ニ在サズ　八月十六日天皇陛下ニ不忠ヲオ詫ビストノ旨遺書記シ　自決セラレタリト聞ケリ　コレニテ我翻然《ほんぜん》ト悟リ　国学ノ学徒ノ道ニ雄々シク進マント覚悟シ　サラニ諸兄ノ戦死戦病死サルヲ次々ト聞キ　諸兄ノ遺魄《いはく》ヲ我継承シテト心シタリ而シテ復学卒業ノアト　國學院大學ニ勤務シ　次ニ皇學館大學ニ　次ニ宮内庁ニ勤務シ　任ニ当リタレド　皇国ノ現況　諸兄ニ何ノ顔アッテ奉告シ得ンヤ　諸兄ノ御守護ニヨリ国体ハ護持サレ　経済的ニハ大国トナリタレド　国民精神　思想ノ頽廃《たいはい》　コレ我等ノ無力ニヨルコト恥ヂ詫ビルノミナリ　然レドモ神州不滅　諸兄見行ハス如ク　母校國學院大學ニハ諸兄ノ功績讃ヘ遺魄継承セント　戦歿先輩学徒慰霊祭ヲ三十余年ニ渉リ継続斎行シ来リシ後輩学徒次々トアリ　ソノ後輩学徒ノ顔見行ハセ　心ノ中モ見行ハセ　国学ハ滅ビズ　皇国民トシ

テノ正シキ道ヲ歩ム後輩ヲ見行ハシ安ンゼラレヨ　教授ニモ信頼シ得ル人材アリ　今年学徒出陣六十年ノ年ニ当リ　彼等　諸兄ノ遺稿集ヲ編纂刊行ヲ志スヲ平ケク安ラケク見行ハセ我等同期生早生レノ者モ今年数ヘ八十歳トナリタレド　更ニ努力スルコトココニ誓ヒ奉ル

戦歿同期諸兄　皇国ヲ御守護給ヒ　マタ母校國學院大學ノ発展ヲ見守リ給ヘト乞ヒ奉ル

平成十五年一月三十一日

註　我々の同期会は昭和十七年度後期生会と称する。通例同期会は卒業年次で編成されるが、学徒出陣のことに遭つた我々は、昭和十七年十月とともに入学しながら、身体の関係等で軍務に服さなかつた者が昭和二十年九月に卒業し、あと復員復学等の関係で二十一年三月、九月、二十二年三月と乱れ、ソ連に抑留された者は遅れて二十五年九月となり、院友名簿上五十四期から五十九期にわたつてゐるが、後輩とともにその期よりも入学期の結びつきを大事として同期会を結成してゐる。

関根清丸命を追憶して

陸軍少尉　電信第二十七聯隊　昭和二十年八月九日、ルソン島歿　五十三期国文科卒

兄、関根清丸大人命に捧げる

関根清丸大人命に関する戦地での生活や激戦の様子は書くことができません。清丸大人命が戦地に赴いてから、約十ヶ月で戦死されたからです。その間に、たつた一通の手紙が家族の元に届いただけです（昭和十九年の暮）。

「父上様には、今頃お正月用の御幣の竹串をけずつてをられることでせう。こちらは毎日暑い日が続いてをりますが、いたつて元気でをります。どうか父上様には呉々もお体大切になさつてください。母上様、妹たちにもよろしくお伝へください」

と、簡単な文章ですが、清丸大人命の心のやさしさが、ひしひしと伝はり、胸が痛みました。

父（瀧雄）、母（栄子）は、すでに帰幽されてをりますの

で、どんな気持ちであつただらうか、聞くことができないのが残念です。

私たち三姉妹で、それぞれの思ひ出を語り合ひ、兄、清丸大人命の戦地に赴くまでの、或日の思ひ出をまとめました。

勉強家だつた兄

長女・菊島君子（七十八歳）

清丸兄さんは子どもの頃から絵を描くことが好きで、小学校一年生の頃だつたと思ひますが、家の前の道路にローセキで「のらくろ」や「タンク・タンクローリー」の絵を描いてゐると、通りかかつた大人の方たちが、「坊や、上手だね」と言つてほめて、足を止め見て行くのです。兄は得意になつて次から次へと描き、道路には四～五メートル位、絵が連なりました。そばで見てゐた私は、自分がほめられてゐるやうに嬉しかつたことを覚えてをります。

兄が小学校の上級生になつた時、母（栄子）は五月の個人面談で学校へ行き、担任の先生から「清丸君は成績もよく、友だちからも好かれてゐます。よくクラスをまとめてくれるので私も助かります」と褒められ、「清丸君は是非、美術学校に進学されるとよいですね」と言はれてきたことを父親に話しました。しかし、父（瀧雄）は将来兄を神職にすることに決めてをりましたので、母の言葉は耳に入りませんでした。

私が、兄を一番かはいさうに思つたことは、私が小学校三年になつた時、兄が小学校卒業と同時に、栃木県佐野の在にある、親戚の密蔵院といふお寺に預けられたことです。このお寺の山越忍厳住職は、祖母（チカ）の兄の子です。大正大学仏教科を優秀な成績で卒業して銀時計を貰つた人で、この住職に学問を仕込んでもらはうと、祖母が決めたのです。当時は祖母の発言は大きく、絶対的で、当時は両親も口を出せませんでした。

清丸兄さんの祖父は、鑁阿寺《ばんなじ》の檀家総代を務めてゐました。その弟は、山越忍空と言つて鑁阿寺の住職で、今日の足利工業大学、足利工業高校を設立した方です。

今日では考へられませんね。小学校を卒《を》へたばかりの子を、遠い佐野の地で、しかも山合ひのお寺に預けることは、両親もさぞ辛かつたことと思ひます。

時は昭和十二年三月のことです。私は母に連れられ、兄と一緒に密蔵院まで行きました。大きなお寺の裏山には、だんだん畑のやうにお墓が立つてをりました。

兄の部屋は、本堂の右にある庫裏の十畳間です。私たちは三泊し、いよいよ帰る朝、兄は歯をくひしばり、黙つたまま母の帯にすがりつき、帯を引つ張りながらほどいてゐる姿を見た時、私は涙がこぼれました。

兄がお寺に入つてから、半年程過ぎた頃に、迷ひ犬があり、住職さんに許しを乞ふて、やつとのことで飼ふことができたさうです。その内に、犬と一緒に寝るやうになつたのです。夏休みに祖母と一緒に、密蔵院に行つた時ですが、兄が学校から帰つてくるのを待つてゐる犬は、遠くの方に小さく見える兄の姿を見ると、お寺の門から一目散に走り、兄を迎へに行くのです。そして、兄の体に飛びついて喜んでゐる姿が、今でも焼付いてをります。このことは毎日の日課となつてゐたやうです。

兄は、夏と冬の休みには必ず東京に帰つて来ました。兄は毎晩、私と房子に「孫悟空」や「少年倶楽部」の本を読んでくださり、「ねむくなつたら、寝ていいんだよ」と言つてから読みはじめるのです。

無事に県立佐野中学校を卒へ、國學院大學の予科に入学し、東京にもどりました。兄はよく、「自分は、将来文学博士になるんだ」と言つてをりました。また、勉強部屋で、有名な教授の声をまね、習つてきたことをひとりで、喋つてゐる姿をよく見かけました。

私が、少しでも勉強ができるやうになつたきつかけは、兄にあります。兄は学部（史学科）に進学した年に蹴球部に入り、全国遠征で学校を休むことが多くなりました。そこで、友人から書き込まれた教科書やノートを借りてきては「君子、おれが遠征から帰るまでに、友達が書いたとほりに書いておいてくれ」と言つて出かけていくのです。私は一生懸命ノートに書き写しました。今ではコピーすれば簡単ですが……。

兄が相模の通信隊に入隊してから三ヶ月後に幹部候補生になり、はじめて外泊してきた時、父に頼んでおいた古刀を受取りに来ました。その古刀には「葵肥後坂」の銘が打たれてゐて、兄は、とても気に入り抜いてはしみじみと眺めてゐました。帰る朝、さげて来た「肥後新刀」と一緒に神前に供へ、父からお祓ひを受けました。

二泊三日の外泊は、あつといふ間で過ぎました。隊に帰る朝、祖母と母はありつたけの材料で、お昼のご馳走を作り、家族全員で食べました。父は、ひと言も喋りませんでした。午後三時頃、姉妹三人で、山手線の「鶯谷駅」まで送りました。末の妹は兄と手をつないで歩いてゐました。私は、うらやましかつたです。

駅の改札口で、別れる時に、「体を大切にするんだよ。父さん、母さんをたのむよ」とひと言いつて、兄はホームに降りていきました。これが永の別れとなつたのです。

終はりに、学徒出陣の歌である「あゝ紅の血は燃ゆる」野村俊夫作詞、明本京静作曲、寺岡真三編曲、唄は鶴田浩二さんの一節を記して、筆を置きます。

五尺の命　ひつさげて
国の大事に殉ずるは
我等学徒の　面目ぞ
あゝ紅の血は燃ゆる

思ひやりのある兄

二女・三科房子（七十五歳）

私が、兄のことを語る時、兄は、本当に心の優しい、思ひやりのある人だつたと思ひます。関根家は、祖父の代から、修成派の教会でしたので、普通より家が広かつたので、大学時代には、よく下級生が勉強を教へてもらひに来てゐました。そして多い時には五～六人も来て、勉強が終ると、神殿にお供へしてあるお酒や供物をさげては、下級生と一緒に食べながら、「国体論」や「日本の将来について」など語つてをりました。

また、『青年』といふ雑誌を毎月購入してきては、たまに私に読んで聞かせてくださり、「房子、お前はどう思ふ」などと質問され困つたことをおぼえてをります。

父が浅草の金美館といふ映画館の株を持つてをりましたので、毎月三枚ほどの入場券が届きました。そんなことで、たまに祖母や兄、姉と観に行きました。映画館の中で、祖母が買つてくださつた、「おせんべい」や「キャラメル」を姉たちと休憩時間に「ムシャムシャ」音をたてながら食べましたが、兄はひと口も食べずに映画を観て帰ります。そして、その日の内に観た主役、「大河内伝次郎」や「板妻」の姿を画用紙に描いてゐました。

そーつと、のぞきますとその俳優さんの特徴をつかみ、そつくりに描きあげてゐる絵を見て私は驚きました。

昭和十八年十月に戦時特別措置法により、徴兵執行猶予が停止となり、出陣学徒の一員として徴用されました。同年十月二十一日、小雨降る明治神宮外苑の広場で、全国の出陣学徒の壮行会に参加、大勢の後輩の学生や専門学校生、高等女学校の生徒、家族の見守る中を、黒の学生服に角帽、足にゲートルを巻き、鉄砲を肩に行進しました。

今日でも、終戦記念日の近くになり、その映像が放映されますと、私は夢中で、その中に兄の姿がないか観ます。

敗戦の翌々年の昭和二十二年七月十八日に、兄戦死の公報が届きましたが、母は、その公報を信じませんでした。そして、「清丸のことだから、どこかで生きてゐるよ」と、毎日のやうに言つてゐる姿は、哀れでした。

それから一年後、兄の隣の小隊長で慶応大学を卒業された宮崎哲男少尉が、私の家を尋ねてくださり、戦地での兄の様子を紙に描きながら、兄の戦死したことを語つてくださいました。

そして、「関根准尉は、将官や部下達を笑はせることが上手で、皆の殺伐たる心を和ませてくれたので、人気があり、隣の隊にゐた私もよく知つてをりました」と語つてくださいました。宮崎様のお話を聞き、私は救はれる思ひがしました。

宮崎様は、話を続けられ、

「関根准尉殿は、日本から持つてきた『葵肥後坂』の古刀を抜いては、月の光にかざしては、じーつと眺めてゐる姿が印象的だつた」と言はれました。

母は、宮崎様から兄の戦死の様子を聞いてから、やつと

千葉県習志野練兵場にて（後列中央が関根清丸命）

死んだことを信じ、一年位は母の様子はおかしかつたです。それ故、私はできるだけ兄の話はしない様心掛けました。

そのうち、二年過ぎ三年過ぎた頃には、母もだんだんと心が癒されてきました。

また、父の仕事も忙しくなつて来ましたので、母は一所懸命手伝ひました。気丈な母は高等小学校を卒《を》へたあと、赤坂の弁護士さん宅で手伝ひをしながら、夜は看護学校に通ひ看護婦の資格を取つた人です。

私たち家族は、昭和二十年三月十日の下町の大空襲に遭ひ、兄が出征していつた家は丸焼けになりました。兄は、出征の時に、「この本は、何かの時に役に立つから、疎開しておくといいよ」と言つた本も、疎開前に全部焼いてしまひました。本当に申し訳なく思つてゐます。

中表紙（編者註、一五〇頁）の兄の出征姿の写真は、昭和二十年三月十日の下町大空襲の際に持ち出した行李の中に入つてゐた、たつた一枚の兄の姿です。

優しかつた兄

三女・関根マキ（七十一歳）

清丸兄さんとは、十歳近くはなれてゐましたので、私は姉妹の中で一番かはいがられ、またあまえてゐました。

兄は大学から帰つてきますと、毎日のやうに「わからないところがあつたら教へてやるぞ」と言つては、良く勉強を見てくださいました。そのため上級生になるにつれ、成績はぐんぐんよくなり、六年生の一学期には級長になりました。特に国語と図工はクラスでは人気者になりました。

夏休みの宿題の「生物画」と「写生画」は、兄が一寸筆を入れただけで、ぐーんとよくなり、生きた絵になり、教室に張り出されたことは忘れられません。

ただ兄は、私に勉強を教へる時に、必ず長い物差しを持つてゐました。そして、私が教はつてゐることを真剣に聞いてゐませんと、ムチの代はりに、その物差しで机を「ビシッ」と叩くのです。私はパチリと目を開き、夢中で本を見直しました。いま思ふと、ただのおどしだつたかと懐かしく、兄には感謝してをります。

私の一番の思ひ出は、何と言つても、兄が相模原通信学校の幹部候補生になつた時、母と一緒に面会に行つたことです。

その日、朝早くから母は起き、兄の大好物のおはぎやおにしめなどを作り、約三時間かかる通信学校まで行くのです。門衛のところで面会用紙に記入し、面会場で兄が来るのを待つのです。

ある時は、一時間以上も待たされ、お昼を過ぎたのに兄は現れません。周りの机では、兵隊さんとその家族の楽しさうな笑ひ声や、話が聞えます。

私は兄に会ひたいのと共に、持つてきた「おはぎ」を食べたかつたのです。当時、家庭では食べられませんでした。父や母が、小豆や砂糖を苦労して手に入れたのでせう。やつとのことで現れた兄は、

「すまん、すまん、子どものゐる新兵がのろまなので、食事当番を手伝つてやつてゐたので遅くなつたんだ」とケロリと言ふのです。

またある時は、九州から入隊した新兵の仕事を代つてやり、その新兵を五分でも十分でも早く面会させてやりたいと思つたのでせう、

「あんな年寄りで妻子のゐる者を兵隊に採らなくても、いいのになー」

と言つてをりました。私は、兄の優しさを感じました。

この原稿を書きながら、兄がフィリピンの地でデング熱病に罹りながら、食料も少なく、泥水を飲み死んで行つたことを思ふと私は涙が止まりません。

平成七年五月二十八日に、戦歿関根清丸大人命五十年祭を、深沢神社宮司の新倉重行様と

共に夫の東玉川神社宮司関根光男が、ご奉仕くださいましたことに感謝申し上げます。

（『兄関根清丸大人命に捧げる——学徒出陣60年にあたり』平成十五年、東玉川神社刊より）

國弘を憶ふ

諸井慶徳

國弘（編者註、一一八頁）が壮烈な戦死を遂げてから、はや十年の歳月が経つた。故人を偲び、限りなき懐かしさと痛ましさが胸に甦つて来る。まだ何処かで生きてゐるとしか、思ひたくない気持にさへかられてならない。

國弘と自分とはかなり年がへだたつてゐた。すぐ次の慶明が夭折したので、すぐ次の弟というふ形になつたが、思へば國弘には、この年のへだたりの為、親しさの乏しい兄だつたのではなかららうか。今にしてもつともつとかうもしてやりたかつた、ああもしてやりたかつたと悔やまれてならない。性格のかなり違ふ為にきつと國弘には、けむたい窮屈な兄貴でしかなかつたのではなかららうか。何と気のきかない兄貴だ、と思はした時もあつたであらう。今は効なき繰り言ながら、自分自身の至らなさを心からわびずにはゐられない。

國弘の天理小学校時代は恵まれて居り、勉強も運動もたしか首位辺りにゐたと思ふ。ところが天理中学校の時代に家庭の事情やら身体の故障やらで、必ずしも順境に居られなくなつた。それは父が華北伝道庁長として赴任するやうになつたので、両親が長期に亘つて留守となり、家は明るさや暖さのない索然たる子供ばかりの家となつたこと。しかも感受性の強くなる時頃にあり、家にゐるのは面白くもない兄でしかなかつた。勢い、心も荒みがちになつたであらう。

この中学時代には始め運動として剣道を練習して、かなり筋もよかつたようだが、その後身体がえらいからと言つて止めた。ところがその後何時頃からか、背中が痛いと言ひ出し、医者に見てもらつたところ、脊髄カリエスだとの事で、ギブスをはめなければならぬとも言はれた。ギブスはつくつたが、窮屈で余りはめなかつたが、定めし暗然たる気持だつたであらう。

しかし不思議にも結構に御守護を頂き、國學院大學に入つてから再び運動をするやうになり、サッカーをやり選手になつた。この時分は全くの健康体でしかも実にいい身体をしてゐた。

自分は、嘗《かつ》てあのやうに脊髄カリエスだと宣告された身体が、よくこのやうに達者になつたものだと感激したものであつた。しかし今にして思へばこれが却つて彼を飛行機乗りにまでしてしまふこととなつたことを知ると、悲劇的な感慨にくれるのみである。飛行機乗り、特に戦闘機に乗るのはよほどいい身体をしたもの、しかも運動神経のすぐれた者でなければならないが、國弘はその条件にかなつてしまつたのである。

國弘は元来中々快活な社交的な明るい性格であつた。小さい時から歌等も実にうまいものだつたし、また何かと器用だつた。自分の性格にない数々のてきぱきした逞しい半面を思ひ出すにつけても、今生きてゐてくれたらどんなに力づよいだらうと思はずには居られない。

忘れもしない、國弘が大竹海兵団に学徒出陣の一員として入隊する時、自分は亡き田中善衛門兄と二人で大竹迄見送りに行つた。しかし入隊する直前、行列の隊伍の人として見送れるだけだつた。あの時の様子が言ひ知れない淋しさを以て追想せられる。今は既に國弘はゐない。そして兄もまたゐない。

自分が久根の銅山で勤労奉仕をしてゐる最中、召集礼状が来て急いで帰宅した。ところが入隊までの時日があるところから、父母や妻子と共に土浦に面会に行つた。兵舎の中で一寸の面会の時、この自分もまた入隊することになつたことを知らせると、「兄ちゃんにも来たか、兄ちゃんは教会や家のことがあるから、もしものことがあつたら大変だなあ」と心配さうに言つた言葉、自分にはあの言葉が忘れられない。國弘はきつと自分の分も代つて身を捧げてくれたに違ひない。自分も運命の一転では、すんでに南方要員として送られ、南方海域で果ててゐたと思ふにつけても、國弘の戦死は胸しめつけられる思ひである。

また東京教務支庁の庁長室（あれも空襲で焼けてしまつた）で一緒に食事したこと、あの一時の楽しい会食は何時までも瞼に残れかしと念じ続けたい。思へばあれが最後の会食になつた。総ては走馬燈の如く、次々と涙の中に憶ひ出されて来る。

特攻隊に編入されたとの報せをうけて、家中は異様な戦慄につつまれた。もうだうすることも出来ないといふ絶望感がたちこめる。しかもこれを表に現はすこと等は出来ない国の精神的状況であつた。そしてあの筑波から鹿屋に移る時、故郷の山野の上を馳せて命を果てに移り行く時の感慨を、「青き風」の一首にこめて書き送つて来たのを見て、一家はただ声なく蒼然たる念ひに沈み行くのであつた。

五月十一日、遂に零戦にて突入の壮烈な戦死の事が新聞紙上に報ぜられた。哀れ、痛ましき哉、涙は滂沱《ぼうだ》として流れ落ちて尽きなかつた。「人はただ一人で死んで行く」とパスカルは言つてゐる。しかし零戦単在肉弾の國弘の場合の如き、この只一人ほど、厳しく痛ましき只一人はないであらう。自分は幾日も幾日も涙なきを得なかつた。よーし、國弘の分も兼ねて働き抜かうと自分は決意するのであつた。

國弘よ、君の生命は永遠に守られてゐる。多くの人々の感銘に取り囲まれ、我が家の歴史の中に生きつづける。國弘の霊よ、幸あれ、幸に父母上は健在である。しかも今や全教挙げて七十年祭に向つて驀進《ばくしん》する時、父上は大任を負ふて活躍せられてゐる。

國弘よ、霊幸多かれ。

（昭三〇・四・一六）

（『青き風』昭和三十年、諸井慶郎刊より）

解説

國學院大學神道文化学部教授　大原康男

昭和四十六年十月十四日午後二時、冷たい秋雨の煙る中、東京は渋谷の國學院大學では一つの祭典がしめやかに始まった。場所は正門横の芝生の中に立つ戦歿学徒慰霊碑の前。そこに注連縄《しめなは》を張り、祭壇を設けて種々《くさぐさ》の供物を供へ、慰霊碑を臨時の神籬《ひもろぎ》と見立てて御霊《みたま》を招き、過ぐる大戦に散華された院友（國學院大學卒業生）・学徒の戦歿者を慰霊する祭典である。

佐藤謙三学長（当時）をはじめ、遺族・理事・教職員・同期生のほか、祭場に張られた大テントに入りきれない二百名を超える学生が参列。斎主の祭詞奏上に続いて学長・院友会代表・同期生代表の祭文《さいもん》、ならびに在校生の追悼詞が捧げられ、遺詠奉唱、遺書奉読と続き、代表者による玉串の奉奠《ほうてん》ののち、最後に国民儀礼歌「海ゆかば」と校歌を全員で斉唱して祭典は終了した。

大学の名で真榊《まさかき》が供へられ、学長・理事が参列して祭文を奏上したのであるから、誰もが大学が主催した式典であると思ふに違ひない。しかし、さうではなかつた。主催者は学生有志で組織する「國學院大學戦歿院友学徒慰霊祭実行委員会」であつて、彼らが祭典の企画から準備・実行に至るまですべてを取り仕切り、最初に玉串を奉奠したのも実行委員長である学生、祭典を奉仕したのも学内の祭式サークル「瑞玉会《みづたま》」の学生——といふ具合に、悉《ことごと》く学生の手によつて営まれたのである。

なぜ、このやうな方式で行はれたのか、その経緯を述べるためには、あの苛烈な大東亜戦争の時まで溯《さかのぼ》らねばならない。迂遠なやうであるが、しばらくおつき合ひ願ひたい。

周知のやうに、大日本帝国憲法（明治憲法）第二十条は「日本臣民ハ法律ノ定ムル所ニ従ヒ兵役ノ義務ヲ有ス」と定め、「国民皆兵制」を謳つてゐる。その兵役の種類と年限、兵員徴集の方法、義務の猶予・免除など制度の運用については幾多の変遷があつたが、昭和二年に制定された「兵役法」第四十一条によつて「中学校又ハ中学校ノ学科程度ト同等以上ト認ムル学校ニ在学スル者」に対して徴兵猶予が認められ、最高二十七歳まで徴集が延期された。その後、昭和十四年に延期年齢が二十六歳に引き下げられたが、大東亜戦争の半ば、昭和十八年に至つて大きな変化が訪れたのである。

昭和十六年十二月の開戦劈頭《へきとう》、ハワイ真珠湾の米国太平洋艦隊を奇襲し、同時に英領マレー半島に上陸して始まつた戦争は順調に展開し、香港・グァム・マレー・蘭印（インドネシア）・フィリピン・ビルマ（ミャンマー）などにおける米・英・オランダ軍との交戦の結果、日本軍は半年ほどで東南アジアと西南太平洋の広大な地域を制圧した。

しかし、翌十七年六月のミッドウェー海戦を契機に戦勢は一転、十八年二月のガダルカナル島の撤退、四月の山本五十六連合艦隊司令長官の戦死、五月のアッツ島の玉砕を経ていよいよ戦局が深刻化する中で、わが国は戦争遂行体制を一段と強化する必要に迫られた。開戦直前の十六年十月以降、大学・高校などの修業年限が三カ月ないし六カ月短縮され、繰り上げ卒業がなされてゐたが、政府はその二年後の十八年十月一日に「在学徴集延期臨時特例ニ関スル勅令」を発し、これまで認められてきた文科系学徒（法・文・経と一部の農）の徴兵猶予が停止され、それによつて適齢に達してゐた学徒たちは急遽徴兵検査を受け、陸海軍に入隊することになつたのである。いはゆる「学徒出陣」である。

これを受けて國學院大學においては、本書の冒頭で紹介してゐるやうに、十月二日に学生たちが講堂に集まつて出陣の決意を表明し、次いで九日には国文学会主催の「学徒出陣記念講演会」を開催、そして十月十四日には大学は軍神祭と壮行会を挙行し、佐佐木行忠学長（当時）は、「征け、戦雲渦巻く大陸の原野に。進め、爆音轟々として荒潮吼ゆる大洋の果てに」と激励して出陣学徒を盛大に送り出した（同様な決起大会や壮行会は十月五日の東京帝大、八日の明大・中大、九日の拓大、十五日の早大・法大など広く行はれてゐる)。

彼らはその一週間後の二十一日に明治神宮外苑競技場で行はれた文部省主催の「出陣学徒壮行会」に参加した。当日、午前九時二十分から始まつた分列行進には東京・千葉・埼玉・神奈川の大学・高校・高専七十七校の学徒が参加し、制服・制帽に執銃・帯剣・ゲートルといふ武装姿に身を整へ、激しい氷雨が降り注ぐグラウンドを力強く行進。在学生・父兄・教職員合はせておよそ十万人がこれを見送つた。その情景は十月二十七日に封切られた映画「日本ニュース」(一七七号)に見事に活写されてゐる。

十二月一日(海軍は十日)、学徒たちはそれぞれ指定された陸海軍の各部隊に勇んで入営。その数は推定で十三万人にも及ぶといふ。初めに少し触れた在校生代表による追悼詞の一節を借用すれば、まさに「卒然として書物を閉ぢ、筆を捨て、その手で銃を執り、剣を帯びて紅の血を燃えたぎらせ、国の大事に雄々しくも立ち向はれた」のである。学徒の出陣はその後も続けられ、本学では四百人を越える若人が帰つてこなかつた……。

その二年後に敗戦を迎へ、これまで大学を経営してきた皇典講究所(明治十五年創設)は、昭和二十年十二月十五日に発出された神道指令によつて国家の管理を離れた全国神社を包括する神社本庁の発足に伴つて解散し、新たに財団法人として再出発することになつた本学の前途はまことに険しいものであつた。神道指令の初期の草案には國學院大學も廃校の対象とされてゐて、私立大学であることが判明して辛うじて存続が認められたといふ最大の危機を乗り越えたものの、唯一、神道系大学として残つた本学に対するＧＨＱの警戒心は根深いものがあつたため、教学面での配慮には相当に神経を使ひ、また、財政面でもしばしば苦境に立たされた。石川岩吉理事長（学長を兼務）をはじめとする当時の経営者の苦労は筆舌に尽くし難いものがあつたに相違ない。

とはいへ、少なくとも占領が終結した後は、本来の「建学の精神」を速やかに回復すべきではなかつたか。そのことは少なからぬ教職員や卒業生からも強く求められたが、戦後思潮にどつぷり漬かつてしまつた学園の実情では遅々として進まなかつたのである。その残された宿題の中には、歓呼の声で送り出した学徒の戦歿者に対して大学としてきちんと礼を尽くすことが含まれてゐた。

敗戦から二十三年近くたつた昭和四十三年五月一日、学内外卒業生多数の強い要望によつて、在学半ばにして戦陣に斃れた学徒の霊を慰めるための慰霊碑が建てられ、その除幕式が執り行はれた。高さ一九三センチ、幅九〇センチの甲州さらび石に「学徒慰霊之碑」と印刻された碑の題字は本学の保多孝三教授の筆によるものだが、その慰霊碑と並んで高さ八〇センチ、幅九二センチの黒御影の建碑由来碑が建てられてゐる。そこには本学で長年教鞭をとり、養嗣子を戦争で失つた折口信夫博士（釈迢空）の次の挽歌一首と、学友の一人である岡野弘彦助教授

（当時）の亡き友を偲ぶ一文が記されてゐる。

人おほくかへらざりけり海やまに　みちてきこえし聲もかそけし　　迢空

この学び舎にいそしみし人びとにして　昭和の戦ひの場《には》にいでゆきて帰らざりしあまたの若き御魂をここに鎮め斎《いは》ひまつる
いまはみ心もなごみいまして静かなる世の後輩のすがしき学びのさまをみ眼《まなこ》もさやかに見まもりたまへ

この日は除幕式だけであつたが、半年後の十一月四日の創立記念日には、記念式典に引き続いて行はれることが恒例となつてゐる「関係物故者慰霊祭」に戦歿学徒の遺族が招かれ、斎主の安津素彦教授が奏上した祭詞には特に「今は亡き　院友《ともどち》学友の御霊　過ぎし大東亜の戦争に　垂乳根《たらちね》の御祖《みおや》の国の御垣《みかき》守る　醜《しこ》の御楯《みたて》と　筆を捨て　剣太刀《つるぎたち》とり佩《は》きて　健《たけ》く雄々しく出征《いで》まして　玉極《たまきは》る命捧げし出陣学徒等の御霊」といふ一節がある。遅れ馳せながらも、大学として初めて正式に戦歿学徒に対する慰霊の営みを行つたのである。

しかしながら、これ以後は「関係物故者慰霊祭」の祭詞に「出陣学徒等の御霊」といふ表現はなく、一般物故者の中に含まれてゐるとされ、はつきりと戦歿学徒を明示して行ふ慰霊祭は一回きりで終はつてしまつた。このことに不満をいだいたのは卒業生だけではない。昭和四十六年に至つて現役学生からも慰霊祭の斎行を求める強い要望が大学当局に出された。それは前年十一月二十五日に起こつた三島由紀夫氏ら五人による「楯の会事件」を契機として急速に盛り上がつた民族派学生運動の本学での一つの具現とも見られよう。

だが、大学は「毎年行ふ『関係物故者慰霊祭』の中で戦歿学徒も対象とされてゐる」といふこれまでの理由を繰り返すのみで、最後まで首を縦に振らなかつた。これに対し「在学中に国家の命によつて戦地に赴き、かけがへのない生命を国に捧げた戦歿学徒は他の一般物故者とは違ふ」と熱つぽく訴へた学生たちは「どうしても大学がやらないのならば、我々後輩学生の手で実施しよう。そのうち、大学主催の慰霊祭も可能になるだらう」と考へ、初めに紹介した学生自身の文字通り手づくりによる戦歿学徒慰霊祭を挙行したのである。

当初、慰霊の対象は昭和十八年以降の出陣学徒の戦歿者（在学生）と考へたのであるが、それ以前の繰り上げ卒業による卒業生で応召《おうしょう》、あるいは志願して戦歿した人たちとを区別する理由はないと判断し、これらの戦歿者を含めてお祭りすることにした。「戦歿院友学徒慰霊祭」としたゆゑんである（後に「戦歿先輩学徒慰霊祭」といふ呼称がとられたが、その趣旨は全く異ならない）。

かくして、学生の手による慰霊祭は、毎年、遺族・同期生・大学教職員・一般学生の参加の下に回数を重ねたが、その間、平成五年の学徒出陣五十年、同七年の大東亜戦争終結五十年といふ節目の年には大学と共催する形式で実施されたこともあつた。その場合でも多くの現役学生が参列したことには変はりなく、総体として本慰霊祭が学生主体のものであつたことは一貫してゐる。全国各地で広く行はれてきたこの種の慰霊祭が遺族・戦友などによるものであるのに対し、顔はもちろん、名前すら知らない後輩学徒によつて営まれてきた点はまことに稀有なものであると言へよう。

かうして続けられてきた慰霊祭であつたが、遺族や同期生の高齢化が進み、従来通りの規模で継続することが年々むつかしくなつてきたので、平成十二年の第三十回慰霊祭を機に一応閉ぢることにし、それ以降はごく内々でつつましく営むことにして今日に至つてゐる。これと並行して戦歿した院友・学徒の遺稿や遺詠・遺墨などとともに、遺族や戦友による追悼文をまとめて刊行しようといふ計画が持ち上がつた。発案者は同期生である戦友の世代に属するが、遺稿・追悼文の収集から関係資料の整理・レイアウト・校正に至るまで編集の実務を行なつたのはすべて頭の天辺《てつぺん》から爪先《つまさき》まで戦後教育を受けた世代なのである。このところに本書の際だつた特徴の一つがある。

さて、これまで数多く出されたこの種の出版物（戦歿者のみならず、終戦時の自決者に関する

もの も含む）には多様なものがある。たとへば、個人の日記や書簡・手記を集めたものは、東京帝大出身の太田慶一『太田伍長の陣中手記』をはじめとして戦中期からいくつかあるが、戦後は林尹夫『わがいのち月明に燃ゆ』、宅島徳光『くちなしの花』、森崎湊『遺書』などがよく知られてゐる。

もちろん、複数の人たちの文章や詩歌を集めたものも少なくない。最も有名なのは日本戦没学生記念会が編纂した『きけわだつみの声』であるが、その内容は、戦歿学生が残した数多くの手記のうち、祖国愛や学生としての使命感などを記したものは悉《ことごと》く排除し、反戦や戦時体制への抵抗精神が認められるものばかりを選んで編まれたひどく偏つたものだつたのである。

それゆゑに「一つの時代の風潮におもねるがごとき一面からのみの戦争観、人生観のみ」を宣伝した本書に対抗して、白鴎遺族会編『雲流るる果てに』が追つて刊行されたのは当然のことであつた。白鴎遺族会は海軍飛行予備学生十三期生の遺族の会であるが、その一年後輩の十四期生の会が編集・刊行したのが小泉純一郎首相の愛読書の一冊といはれる『あゝ同期の桜』である。また、学徒出陣五十周年を記念する特別展の記録として靖國神社が編纂した『いざさらば我はみくにの山桜』も忘れ難い。

これらはいづれも出身大学を超えて編纂されたものであるが、その対象を特定の一大学に限つたものもないわけではない。その数少ない一つが東大十八史会編『学徒出陣の記録』であらう。東大十八史会は、最初の学徒出陣が行はれた昭和十八年十月に東京帝大文学部国史学科に入学した学生が会員であるが、全三十二人のうち一人が戦争で亡くなつただけなので、遺稿集としての性格は乏しい。

かうしてみると、國學院大學出身者の遺稿に絞つて収載した本書は他に余り例を見ないものであるかもしれない。しかも、先に少し触れたことだが、慰霊祭の斎行と同じく編集の実務もすべて戦争体験のない、世代を遥かに隔てた後輩（卒業生・在校生）の手によつてなされたといふ経緯を考へれば、二重の意味でユニークなものであると言へよう。

いささか面映ゆいことだが、それは本学の「建学の精神」に大きく関はつてゐることだと思はれる。明治十五年十一月四日、皇典講究所の開設に際して総裁の有栖川宮幟仁親王が親しく下された「告諭」には「国体ヲ講明シ以テ立国ノ基礎ヲ鞏《かた》クシ徳性ヲ涵養シテ以テ人生ノ本分ヲ尽スハ百世易《か》フベカラザル典則ナリ」といふ一節がある。

戦争といふ国家の非常時に直面して勇躍出陣し、既記した学生主催第一回慰霊祭における在校生代表の追悼詞に述べられてゐるやうに、「或《あるい》は弾丸も凍てつく北海の島々に、或は黄塵吹きすさぶ大陸の山野に、或は酷熱猛暑の南溟の孤島に、或は雲流るる紺碧の大空に、暁の洋上に、祖国の栄光を信じて貴き一命を捧げられた」母校の先輩の行実を慰霊祭の斎行と遺稿集の編纂といふ営みを通して学ぶことによつて「国学」の学統を体認する——そこに戦後教育で失はれた「徳性」の「涵養」を模索する何かがあつたのではないか。

昭和四十六年に始まつた「戦歿院友学徒慰霊祭」に最初から参加した一人として、この解説文を書きながら一入《ひとしほ》さう思はれてならない。

平成十六年初夏「学徒慰霊之碑」の近くで母校校舎の新築が進められてゐる中で……

資料

國學院大學戦歿先輩学徒慰霊祭学生代表追悼詞（昭和四十六年十月十四日）
昭和十六年度予科軽井沢野営演習予定表
「宣戦布告詔勅奉読式」案内（昭和十六年十二月八日）
昭和十七年度学部習志野東廠舎軍事講習予定表
関係年表
國學院大學院友学徒戦歿者一覧

國學院大學戦歿先輩学徒慰霊祭学生代表追悼詞

昭和十八年十月十四日、この日は國學院大學に学ぶ者にとつて、永遠に忘れることの出来ない日であります。

この日は我国、建国以来、未曾有《みぞう》の国難に直面し、誰よりも学問を愛された先輩諸兄が卒然と書物を閉ぢ、筆を捨て、その手で銃を執り、剣を帯びて紅の血を燃えたぎらせ、国の大事に雄々しくも立向はれた日であります。戦ひが益々激化し、戦局が日毎に悪化する中、或《あるい》は弾丸も凍てつく北海の島々に、或は黄塵《こうじん》吹き荒ぶ大陸の山野に、或は酷熱猛暑の南溟《なんめい》の孤島に、或は雲流るる紺碧《こんぺき》の大空に、暁の洋上に、祖国の栄光を信じて、その貴き一命を捧げられた諸兄の心情に思ひをはせる時、年月は経れども、その悲しき御志に涙新たなるを覚えるのであります。

学園を愛し、師を愛し、友を愛し、恋人を、父を母を、兄弟を人一倍愛し、苛烈なる戦局の僅かな間に人生のすべてを凝集し、ひたむきに、青春の血と情熱を燃やされた諸兄。その人生に対する真摯《しんし》な態度、その学問に対する熱意、その祖国と民族に対する限りなき誇りと愛情と祈りを洩れ承るたびに、この昭和元禄と呼ばれる時世に何らのなすすべもなく安逸に太平を貪つてゐる自らを日夜恥ぢ入つてゐる次第であります。

我等はここに、後に続くを信じて悠久の大義に殉ぜられた諸兄の御霊に心よりの崇敬と仰慕の念を捧げると共に、諸兄の悲願を継承し、祖国再建、学園の秩序恢復に一路邁進することを誓ふものであります。道は未だ遠く、幾多の艱難と試練が我等を持ち受けてゐるものと思はれますが、我等は諸兄が一身を以て示された一すぢの道に帰一し、献身、努力する所存であります。

乞ひ願はくば、安らけく平らけく我等を見そなはし給へ、導き給へ。

昭和四十六年十月十四日

在校生代表　田中貞雄

昭和十六年度予科軽井沢野営演習予定表

予科軽井沢野営演習予定表　昭和十六年九月

日時	午前	午後	夜間
二日(火)	集合 午前六時三十分 兵器庫前 兵器受領其他 鉄道輸送 渋谷駅発 午前七時三十分	軽井沢着 午後一時三十二分（午後三時二十三分） 配宿 内務指導検査	
三日(水)	戦闘各個教練 1地形地物ノ利用 2発進時機ノ看破 3手榴弾ヲ投擲突入	戦闘各個教練（♂、♀） 副科目 手榴弾命中投擲	陣地偵察 1方向維持 2報告
四日(木)	分隊戦闘教練 1戦闘ノ為前進 2攻撃目標ノ指示	仝上 3運動射撃 4突撃準備、突撃	歩哨教育（学科）
五日(金)	小隊戦闘教練（攻撃） 1展開 2運動及び射撃指揮	歩哨ノ動作	小哨以下動作
六日(土)	小隊戦闘教練（防禦） 1陣地占領ノ要領 2防禦戦闘	中隊戦闘教練（攻撃） 1戦闘経過ヲ基礎的ニ教育スルモノトス	
七日(日)	行軍（尖兵ノ動作）	仝上 大隊密集教練	夜間戦闘 攻撃、防禦
八日(月)	中隊戦闘教練（追撃、退却）	中隊戦闘教練（遭遇戦）	
九日(火)	行軍（鬼押出） 追撃、尖兵中隊		
十日(水)	払暁戦	大隊戦闘教練（陣地攻撃） 兵器手入、検査	内務検査（清潔　整頓）
十一日(木)	行軍（二十四粁） 鉄道輸送 横川駅発 前一一、〇八 赤羽駅着 後 二、〇〇 渋谷着（後 三、〇〇）	兵器装具手入及返納 解散	

摘要

当日ハ晴雨ニ拘ラス所定時迄ニ集合ヲ完了スヘシ

各幹部ハ人員及軍装ヲ点検シ之ヲ教官ニ報告スヘシ

携行物件

1朝食弁当及湯茶

2米二升及費用拾円

3擬手榴弾用靴下等

4教練教科書　地図（軽井沢、御代田、五万ノ一）

5入組品

下着類

靴下

日用品

筆記具（ペン、鉛筆赤青共）

風呂敷

雨覆

6其他交付セラレタル兵器及装具ハ紛失、破損、忘却セサル様特ニ注意スヘシ

一、赤羽駅ニテ列車ヨリ下車シ可成各小隊纏リテ省線電車ニテ池袋駅乗換渋谷駅ニ至ル

二、渋谷裏駅道路上ニ横隊ニ集合シ予二、予一ノ順序ニ学校ニ向ヒ前進ス

幹部ハコノ間掌握ニ努ム

備考

一、本予定ハ天候等ニ依リ適時変更セルコトアルヘシ

二、予定ノ外随時　密集教練、銃剣術、射撃予行演習ヲ実施ス　又日朝点呼後左ノ行事ヲ行フ　宮城遥拝、国歌斉唱、体操其他

三、帰校翌日十二日（金）ハ臨時休校トス

注意　終始國大生ノ面目ト襟度ヲ以テ規律アル行動ヲナシ十日間ノ生活ヲ最モ意義アルモノトシテ努力セラレンコトヲ望ム

宣戦布告詔勅奉読式（昭和十六年十二月八日）

宣戰布告詔勅奉讀式
並明治神宮参拝ノ件

本日午後三時十分ヨリ講堂ニ於テ
宣戰布告詔勅奉讀式ヲ行フ
其ノ後明治神宮参拝ニ全員行致
式後運動場ニ集合スベシ、
時刻ハ打鐘ヲモッテ示ス。

本學

昭和十七年度学部習志野東廠舎軍事講習予定表

○習志野演習

学部（一、二、三）習志野東廠舎軍事講習豫定表　自昭一七・一一・一六　至昭一七・一一・二二

日時／曜	午前	午後	夜間	摘要
十六日(月)	集合　前七時三十分 出発（第一回八時三〇分 第二回八時五〇分） 鉄道輸送 第一回八・五〇－九・五三－一〇・三二 第二回九・一〇－一〇・一〇－一〇・四六 （渋谷発）（秋葉原）（津田沼） 行軍	配宿 演習場現地指示 各個教練 体操及軍歌演習	佐藤教官ヨリ諸注意 典範令学科	一、当日ハ晴雨ニ拘ラズ実施 一、幹部ハ人員ヲ確実ニ調査報告スヘシ 一、各人必ズ名札ヲ貼布シ置クベシ
十七日(火)	各個戦斗教練	小哨、歩哨	夜間接敵要領（鳩谷中尉）	携行品 1. 昼食及湯茶 2. 白米一升八合 3. 古新聞紙四枚 4. 古靴下（手榴弾作製） 5. 銃手入布（各人準備） 6. 教練教科書 歩兵操典
十八日(水)	分隊戦斗教練 攻撃及防禦	同上	学科（元岡中尉） 典範令（中村中尉）	

十九日(木)	小隊戦斗教練 疎開・展開・攻撃	同上 攻防	小隊教練 （夜間攻防）	作戦要務令（第一部） 軍隊教育令 陸軍礼式 射撃教範（第一、第二冊） 軍隊内務書 戦陣訓 7. 筆記具（色鉛筆其ノ他ヲ含ム） 8. 下着類、靴下、日用品、風呂敷、雨覆、其ノ他
二十日(金)	実包射撃 並作業	同上	（予備） 佐藤教官学科 典範令	
二十一日(土)	中隊戦斗教練 攻防	同上 遭遇戦 兵器手入及検査		
二十二日(日)	防空学校見学	鉄道輸送 帰校時刻未定		帰還時ノ輸送ハ各人切符・予定ニ付キ注意ヲ要ス

一、課目ハ適時変更スルコトアリ
二、日夕点呼及行事ヲ行フ

関係年表

明治十五年十一月四日　國學院大學の経営母体、皇典講究所開設
二十三年七月　皇典講究所に國學院を設置
三十九年六月十二日　文部省告示により「私立國學院大學」と改称
大正九年四月十五日　國學院大學、大学令に基づく私立大学に昇格
昭和十六年十二月八日　大東亜戦争開戦の大詔煥発
十八年六月二十五日　「学徒戦時動員体制確立要綱」を政府決定
十月一日　「在学徴収延期臨時特例ニ関スル勅令」
十月二日　國學院大學大学部全学生自発集会
（於、本学大講堂。誓詞朗読、配属将校による時局講話等）
十月九日　國學院大學国文学会主催・学徒出陣記念講演会
（於、本学大講堂。講師金田一京助・折口信夫・武田祐吉三教授）
十月十二日　「教育に関する戦時非常措置方策」公布（法文系学生の徴兵猶予停止）

十月十四日　軍神祭及び國學院大學学徒出陣壮行式（於、本学大講堂）
十月二十一日　文部省主催・出陣学徒壮行会（於、明治神宮外苑陸上競技場）
十九年十月二十日　米軍、フィリピン・レイテ島に来攻（終戦まで戦闘継続）
二十年二月十九日　米軍、硫黄島へ来攻（同年三月十七日守備隊玉砕）
四月一日　米軍、沖縄本島に来攻（同年六月二十三日まで戦闘継続）
八月六日　米軍、広島へ原爆投下（九日には長崎）
八月十四日　終戦の大詔煥発
八月十五日　終戦の玉音放送
二十一年一月二十五日　神道指令発布による神社本庁発足に伴ひ皇典講究所解散
三月二十日　財団法人國學院大學設立認可
二十六年三月十五日　学校法人國學院大學に改編
四十三年五月一日　本学正門左側に「学徒慰霊之碑」を建立
四十六年十月十四日　学生有志による第一回戦歿院友学徒慰霊祭斎行（於、本学学徒慰霊之碑前。以後毎年継続）
平成五年十月十四日　学徒出陣五十周年に当り、慰霊祭実行委員会と大学共催による國學院大學戦歿院友学徒慰霊祭斎行

國學院大學院友学徒戦歿者一覧

昭和十八年十二月より全国の大学・高専等の文科系学生・生徒の徴兵猶予が停止されることを受けて、國學院大學からは六百余名（学徒出陣壮行式に於ける学長の辞による）の学徒が出陣された。その詳細については、資料不足により現在も不明な部分が多い。しかし、大東亜戦争（支那事変を含む）に於いて戦死、戦傷病死された國學院大學の卒業生・予科修了生または在学生の数は、『院友名簿』（平成十一年版國學院大學刊）を基に当刊行会にて独自調査したところ、四百三十九名と推定される。

そのうち、ここでは、支那事変（昭和十二年）後に入学した第四十八期以降の院友（卒業生）と在校生の戦死・戦傷病死者、二百五十八名の一覧を掲げる。本名簿一覧には遺漏があるやもしれない。また、ここには退学をし志願出征された方は含まれてゐない。不明な点が多く不十分ではあるが、戦歿院友学徒の顕彰と後世の為の一資料として作成したものであり、ご寛恕賜りたい。尚、遺漏・誤認等があつた場合、ご教示賜れば再版の折に訂正する予定である。

御名前	卒業期等	戦歿年月日	戦歿場所
稲葉　博	48期国史学科	十九年八月十九日	バシー海峡
江藤千満樹	48期国史学科	二十年六月二十日	沖縄
小林　斌	48期国史学科	十九年七月八日	マリアナ群島
鈴木隆信	48期国史学科	二十年七月二十七日	南方
三木正行	48期国史学科	十九年十一月十六日	台湾
宮田敏行	48期国史学科	十九年二月四日	ニューギニア
恵良龍行	48期国文学科	十九年五月一日	支那・山西省大原陸軍病院
小磯　武	48期国文学科	十九年八月五日	ニューギニア
田中幸太郎	48期国文学科	二十年一月十日	ルソン島サンベルジルレガスピー海上
高島邦彦	48期国文学科	二十年六月四日	ニューギニア・マノクワリ独立第六大隊
豊田光東	48期国文学科	二十年七月一日	レイテ島
山川弘至	48期国文学科	二十年八月十一日	台湾
我妻豊雄	48期高等師範部第一部	十九年十月七日	ニューギニア・サルミ
鹿島信夫	48期高等師範部第一部	十九年十月十七日	東シナ海済州島西方海上
坂田鎮生	48期高等師範部第一部	十七年十一月六日	ニューギニア・ノーザン州オイビ西方
樋田孝一	48期高等師範部第二部	十九年六月三十日	支那・南京
生駒正秀	48期高等師範部第二部	十九年六月二十九日	インド・アッサム州カムジョウ附近

芋坂智文	48期高等師範部第二部	十九年九月十八日	ニューギニア・ヤカチイナンタン
小谷敏行	48期高等師範部第二部	十八年五月二十九日	アッツ島
小林親男	48期高等師範部第二部	十八年三月三日	ニューギニア・ダンピール海峡
佐藤亮雄	48期高等師範部第二部	二十年八月十七日	広島市女子専門学校
田代信一	48期高等師範部第二部	二十年三月十五日	ビルマ
早川幸彦	48期神道部	十九年十二月三十日	支那・広西省
斎藤茂雄	48期神道部	十九年七月八日	ビルマ・モーライク県
橋本春雄	48期神道部	二十年四月二十九日	ソロモン群島ショートランド
星　秀世	48期神道部	二十一年二月十五日	満洲本渓湖陸軍興城病院
松田嶺介	48期神道部	二十年五月二十五日	ルソン島ネバビスカヤ・サリナス
牟礼　明	48期神道部	二十年四月二十九日	南方
山本　豊	48期神道部	十九年八月三日	支那・湖北省漢川県
渡辺　昭	48期神道部	十九年八月三日	ビルマ・サガインタウンニィー
赤石邑伊	48期神職養成部	十九年六月十五日	東部ニューギニア
酒井龍男	48期神職養成部	二十年五月一日	台湾
鈴木正利	48期神職養成部		
高山正武	48期神職養成部	十九年二月二十四日	マーシャル諸島ブラウン島
釣島寛一	48期神職養成部	十八年七月十一日	満洲奉天

十時道夫	48八期神職養成部	二十年三月十五日	ルソン島ソザール州アンナチポロ
長島正男	48期神職養成部	十九年十二月九日	レイテ島
児玉幸雄	49期道義学科	二十年六月二十三日	北ボルネオ・ミリリヤム
手島慶直	49期道義学科	十九年二月八日	鹿児島県沖西方
牧田益男	49期道義学科	二十年四月十八日	沖縄
尼子篤行	49期国史学科	二十年五月十日	日向灘海上
石井富喜夫	49期国史学科	二十年十二月二十二日	支那・吉林省新京
河合岑生	49期国史学科	二十年四月二十八日	沖縄
菊亭実賢	49期国史学科	二十年九月十五日	支那・湖南省兵陽県一八五兵站病院
鈴木正一	49期国史学科	二十年四月十八日	フィリピン群島カガヤン附近
伊藤清嗣	49期国文学科	二十一年七月一日	満洲長春
木村　功	49期国文学科	二十年一月二十二日	沖縄
佐伯良光	49期国文学科	十九年二月二十四日	マーシャル諸島ブラウン島
高野一郎	49期国文学科	二十年八月二十八日	満洲龍江省札賓特旗白廟山
布施紀郎	49期国文学科	二十年十月二十七日	支那・山東省平原県崔家坊
松永龍樹	49期国文学科	十九年五月二十八日	支那・河南省魯山県植林
神尾克巳	49期高等師範部第一部	二十年七月二十日	台湾
市川忠一	49期高等師範部第二部	二十年四月二十五日	沖縄

川村　明	49期高等師範部第二部	十九年十一月二日	支那・第一一六師団第一野戦病院
倉橋栄吉	49期高等師範部第二部	二十一年一月三十一日	シベリヤ・チタ地区
中村　祐	49期高等師範部第二部	十九年六月二十一日	ニューギニア島
和田一男	49期高等師範部第二部	二十年七月二十九日	ビルマ・メッセ第一二一兵站病院
有野成美	49期神道部	十九年五月二十四日	ニューギニア
磯貝利男	49期神道部	十九年	サイパン島
乙部昌徳	49期神道部	二十年三月十二日	支那・北京
川村　宏	49期神道部	二十年二月十五日	ビルマ
榊原長成	49期神道部	二十年一月十五日	ビルマ
白川　惟	49期神道部	十七年九月二十七日	ソロモン群島ガダルカナル島
高木庄司	49期神道部	二十年九月二十九日	ビルマ・トク第一一八兵站病院
平沢瑞穂	49期神道部	二十年六月十八日	フィリピン群島
平野良幸	49期神道部		支那中部
藤枝春貞	49期神道部	十七年九月八日	支那・武昌
三笠大典	49期神道部	十九年七月九日	支那・湖南省醴陵県
高井正見	49期神職養成部	二十年七月三十日	ルソン島
豊嶋宮磨	49期神職養成部	十九年十二月二十三日	南方
増子正久	49期神職養成部	十七年十二月二十五日	ソロモン群島ガダルカナル島

庄田克彦	50期道義学科	二十年七月二日	レイテ島カルブゴス山
手塚顕一	50期道義学科	十八年七月十日	ニューギニア
櫛橋静信	50期国史学科	十八年三月十五日	ビルマ
倉田　修	50期国史学科	二十年十一月二十六日	支那・湖北省武昌県第一二八兵站病院
黒川正信	50期国史学科	十八年五月五日	南方海上
斎藤　康	50期国史学科	二十年五月五日	フィリピン島
瀬戸嘉彦	50期国史学科	二十年一月三十一日	ビルマ
常岡悟郎	50期国史学科	十九年十二月十五日	フィリピン群島
山口丈男	50期国史学科	二十年七月二十九日	チモール島
阿部　勉	50期国文学科	十九年七月十日	ソロモン群島ボーカインヴィル島
魚住正義	50期国文学科	十九年十二月八日	台湾
浦川慶一	50期国文学科	十六年八月十四日	ハルマヘラ
尾上晴之	50期国文学科	十九年七月十五日	ビルマ・シャン州センウィ
金子吉成	50期国文学科	十八年十二月一日	支那・湖北省
工藤英七	50期国文学科	二十年五月三十一日	フィリピン
五味　幌	50期国文学科	二十一年三月二十九日	山梨県藤田村
鈴木利夫	50期国文学科	十九年一月十七日	ニューギニア
高松拓次	50期国文学科	十九年一月十六日	小笠原諸島沖

橋谷田大	50期国文学科	十九年八月十四日	
前田貞郎	50期国文学科	二十二年八月十九日	
松本　徹	50期国文学科	二十年五月二十五日	ルソン島リザール州イポ
山田敏博	50期国文学科	十九年七月十八日	マリアナ諸島方面
小川嘉久	50期高等師範部第一部	十八年四月二十九日	ニューギニア
田村光明	50期高等師範部第一部	二十年七月十七日	ビルマ・ペグー山系一四二高地
遠山芳治	50期高等師範部第一部	十九年十二月二十日	レイテ島
中島時夫	50期高等師範部第一部	十九年六月三十日	フィリピン・コレヒドール海上
中村　宏	50期高等師範部第一部	十九年二月七日	ビルマ・右岸地区トング県
西岡作郎	50期高等師範部第一部	二十年三月十七日	硫黄島
青江八郎	50期高等師範部第二部	二十年六月十六日	沖縄
鮎川　浩	50期高等師範部第二部	十九年十一月十八日	北千島幌莚島
大西富茂	50期高等師範部第二部	十九年二月八日	ビルマ
佐伯光雄	50期高等師範部第二部	十九年九月十五日	ブーゲンビル島ビオ第一野戦病院
庄司　正	50期高等師範部第二部	十九年七月十日	南方
藤井祐安	50期高等師範部第二部	十八年五月二日	日南市鈴木病院
安形英雄	50期高等師範部第二部	十九年八月二十二日	支那・武昌
斎木三彦	50期高等師範部第二部	十九年七月十八日	マリアナ諸島

井浦忠哉	50期神道部	十九年七月十二日	バシー海峡
緒方輝雄	50期神道部	二十年三月十七日	フィリピン島
可児作衛	50期神道部	二十年二月一日	ルソン島ヌエヴァエシハ州
倉田蔵之助	50期神道部	二十年五月七日	ブーゲンビル島カイノ
近藤義彦	50期神道部	十九年五月一日	支那・河南省禹県黄崗店
那羅尾種雄	50期神道部	十九年七月十八日	西部ニューギニア
成田利郎	50期神道部	十九年七月十八日	若松陸軍病院
藤岡好春	50期神道部	十九年九月十六日	ペリリュウ島
守嶋正隆	50期神道部	十九年四月二十八日	インド・アッサム州コヒマパケケズム
池田晴夫	50期神職養成部	十九年十二月二日	東シナ海
今瀬忠義	50期神職養成部	十九年十二月三十一日	ペリリュウ島
香取光清	50期神職養成部	二十一年一月二十五日	支那・江蘇省上海
小田秀雄	51期国史学科	十九年九月三十日	マリアナ諸島
祖父江良一	51期国史学科	十九年七月十八日	マリアナ諸島方面
永島　保	51期国史学科	二十年二月二十四日	フィリピン・コレヒドール島
大村　豊	51期国文学科	二十年五月四日	沖縄
喜志麻豊隆	51期国文学科	二十年七月三十日	ルソン島ヌエバビスカヤ州
北野　勇	51期国文学科	十九年十月十八日	フィリピン・マニラ西方

高橋美名人	51期国文学科	十九年九月十二日	支那・龍陵
寺田行二	51期国文学科	十九年十一月二十七日	レイテ湾
野見山太郎	51期国文学科	二十年四月三日	鹿児島県大島郡喜界島附近
林　千秋	51期国文学科	十九年七月十八日	マリアナ諸島
肥後盛孝	51期国文学科	二十年七月二十五日	支那・広西省
藤島一郎	51期国文学科	二十年一月二十九日	台湾・富貴燈台海上
宮田光男	51期国文学科	二十年三月十七日	硫黄島
諸星　実	51期国文学科	二十年六月十五日	ミンダナオ島
荒川忠之助	51期高等師範部	二十年一月二十日	ルソン島ラウニオン州ダモルテス
今泉静雄	51期高等師範部	二十年六月二十四日	ルソン島リザール州バグンバヤン
笹原孝美	51期高等師範部	二十年四月十三日	ルソン島
蓮沼　精	51期高等師範部		
原田徳男	51期高等師範部	二十年五月三十一日	レイテ島カンキボット
広峰義秀	51期高等師範部	二十年七月二十日	フィリピン群島
立松庸一郎	51期高等師範部	十九年七月十八日	マリアナ諸島
須見　洋	51期神道部	二十年五月三日	沖縄沖
関　正朝	51期神道部	十九年十二月二十三日	三重県鈴鹿郡
高梨正臣	51期神道部	二十年五月十日	ルソン島タヤベス州

宮川　正	51期神道部	二十年六月十五日	ルソン島
宮原貞晴	51期神道部		ビルマ
吉本国一	51期神道部	二十年七月六日	別府陸軍病院
大瀧　厳	51期神職養成部	二十年	ソ連・ナホトカ
坂成三郎	51期神職養成部	二十年五月三十一日	支那・中部
村上充治	51期神職養成部	二十年六月十一日	沖縄本島仲座
河合達視	52期国史学科	二十年四月三日	南西諸島方面
倉橋栄吉	52期国史学科	二十一年一月三十一日	シベリヤ・チタ地区
五味典夫	52期国史学科	十九年十二月二十二日	レイテ島
福島治夫	52期国史学科	二十一年一月三十一日	満洲
堀井陽一	52期国史学科	十九年十二月八日	レイテ島
山辺哲三郎	52期国史学科	二十年十二月十日	シベリヤ・チタ地区ハラゴン収容所
渡辺豊三郎	52期国史学科	二十年四月十五日	フィリピン・ホロ島ツマンタンガ
大塚順三郎	52期国文学科	二十年十一月十四日	支那・山東省墨県趙家壚方面
清水愛国	52期国文学科	二十年九月五日	満洲牡丹江省七個項子
林　利美	52期国文学科	二十年三月十四日	ビルマ
横堀　保	52期国文学科	二十年六月十二日	ミンダナオ島
吉田重定	52期国文学科	二十年四月二十四日	フィリピン・クラーク方面

今岡　勇	52期高等師範部	十九年九月十四日	朝鮮沖
大川良和	52期高等師範部	十九年七月三日	朝鮮・全羅南道紅島西方
小山一彦	52期高等師範部	十九年一月十六日	支那・長沙野戦病院
高田正巳	52期高等師範部	十九年六月二日	愛知県海部郡佐織町
竹村　淳	52期高等師範部	二十年一月五日	支那・湖南省
敦賀永悦	52期高等師範部	二十年三月十七日	小笠原諸島
鳥井　隆	52期高等師範部	二十年八月十日	ルソン島南マニチボロ
中条正勝	52期高等師範部	十九年十二月六日	バシー海峡
三谷一男	52期高等師範部	十九年九月二十四日	支那・湖南省
安松幸周	52期高等師範部	二十一年十月八日	朝鮮・西安南道平壌陸軍病院
渡辺静雄	52期高等師範部	二十年五月六日	敦賀陸軍病院
北山国麿	52期神道部	十九年八月二十日	支那・武昌
広江弘文	52期神道部	二十一年六月八日	傷痍軍人島根療養所
堀江三郎	52期興亜部	二十年六月二十四日	沖縄
村井末吉	52期興亜部	二十年四月六日	九州南方海上
葦津信行	53期国史学科	二十年六月七日	支那・広西省雍容県雍容
加藤壽男	53期国史学科	二十年一月八日	本州南方海上
神田成治	53期国史学科	二十年四月二十四日	ルソン島クラーク

田原敬一	53期国史学科	二十年四月十一日	バカロド沖
河崎敏男	53期国文学科	二十年七月十三日	ルソン島エチアゲ東方山中
佐々木勉	53期国文学科	十九年七月十八日	マリアナ諸島
関根清丸	53期国文学科	二十年八月九日	ルソン島
西岡晴夫	53期国文学科	十九年	満鮮国境
深瀬文一	53期国文学科	十九年八月十九日	海南島東方海上
前原喜雄	53期国文学科	二十年五月四日	西南諸島
松永太郎	53期国文学科	十九年十月十八日	フィリピン群島
牛島重信	53期高等師範部	十九年十二月五日	フィリピン・バシー海峡
江野博常	53期高等師範部	二十年三月十七日	フィリピン島
立元　洋	53期高等師範部	十八年十二月二十一日	都城陸軍病院
平賀今男	53期高等師範部	十九年十二月八日	支那・湖北省武昌陸軍病院武昌分院
池田光久	53期専門部	二十年四月二十二日	鳥取県西伯郡境町
櫛橋静政	53期専門部	二十年四月三十日	ビルマ
栗原　正	53期専門部	二十年四月八日	フィリピン
小松崎次夫	53期専門部	二十年九月三日	フィリピン・ネグロス島
寺田次男	53期専門部	二十年六月十六日	沖縄
星野忠枝	53期専門部	二十一年四月十一日	国府台陸軍病院

安江雅紀	53期専門部	二十年八月二十九日	満洲・牡丹江省
山川悦郎	53期専門部	二十年五月二十八日	ルソン島サラクサク峠
山口貞夫	53期専門部		
山根　肇	53期専門部	十九年二月十七日	南方
天野火人	53期神道部	二十年七月二十八日	ルソン島マウンテン州
後藤克彦	53期神道部	二十年八月十五日	ルソン島ボンドック道バギオ
菅井英穂	53期神道部	十九年九月二十日	ビルマ・ウィンヂ
関根　滋	53期神道部	二十年七月二十四日	呉方面
鳥居信正	53期神道部	二十年五月十七日	沖縄県首里
那須正芳	53期神道部	二十年五月十八日	ルソン島ブラカン州ツボ
山崎宗久	53期神道部	二十年七月四日	佐賀県三養基郡上峰村字中村
菅野　武	53期興亜部	二十年一月八日	台湾方面
吉川　篤	53期興亜部	二十年七月三十日	フィリピン
迫田和泉	53期興亜部	十九年六月二十七日	熊本陸軍病院
石森文吉	17年予科修了	二十年五月十二日	長野県上田市大字上田
金重　要	17年予科修了	二十年六月二十日	沖縄群島
久保　大	17年予科修了	二十年一月三十日	フィリピン・ポロ島二六〇高地
篠原直人	17年予科修了	二十年五月三十一日	ルソン島ヌエバビスカヤ州

柴崎美茂	17年予科修了	二十年六月十五日	沖縄
関　汎三	17年予科修了	二十年七月三十日	ルソン島
永野　偶	17年予科修了	二十年九月一日	ルソン島ヌエバビスカヤ州
二宮　顗	17年予科修了	二十年六月十日	中千島松輪島洋上
三木庄一郎	17年予科修了	十九年十二月十九日	支那・浙江省温州東方海上
森下秀憲	17年予科修了	二十一年八月二十九日	岡山県上房郡高梁町大字松山
矢野幾衛	17年予科修了	二十年五月四日	南西諸島方面
加藤允庸	18年予科修了	二十年二月十日	ルソン島マニラ東方ナスグブ沖
垣内幸一	18年予科修了	二十年四月十七日	ルソン島ヌエバビスカ州サラクサク
川住國義	18年予科修了	二十年六月十日	フィリピン
木代子郎	18年予科修了	二十年七月十七日	フィリピン・レイテ島ビリバヤ
河野　晃	18年予科修了	二十年八月六日	広島市
白石理一郎	18年予科修了	二十年四月七日	埼玉県戸田町
多田改造	18年予科修了	二十年八月六日	広島市基町部隊内
高階広道	18年予科修了	二十二年二月七日	兵庫県豊岡市野上
竹田正徳	18年予科修了	二十年三月十九日	九州東方海上
内藤　正	18年予科修了	二十年五月十日	ルソン島
西岡久泰	18年予科修了	二十一年六月二十三日	支那・黒河省瑷琿県

松澤　亨	18年予科修了	二十年六月十日	ルソン島パムパンガ州
諸井國弘	18年予科修了	二十年五月十一日	南西諸島方面
浅田　肇	在学生	二十年十二月二十七日	支那・上海第一五七兵站病院
井上一男	在学生	二十年四月二十四日	フィリピン
板倉　震	在学生	二十年四月二十七日	沖縄
内田舜次郎	在学生	二十年八月二十日	フィリピン・セブ島
江名清明	在学生	二十一年十一月十日	朝鮮・緑ヶ丘病院
小川太郎	在学生	十八年七月三十一日	名古屋市
小川孝太郎	在学生	二十一年一月二十六日	天津病院
大木利夫	在学生	二十一年五月十五日	ニューリスク病院
加藤　昇	在学生	二十年四月三日	中部九九部隊
木村義威	在学生	二十年七月九日	ルソン島バレテ峠
君塚政之	在学生	二十一年四月十七日	支那・江蘇省上海第一五九兵站病院
小林光太	在学生	二十年七月三日	ルソン島
小林房雄	在学生	十八年五月二十二日	
五味義信	在学生	十九年十月二十五日	三重海軍航空隊
後藤克己	在学生	二十年三月十日	石川島重工（州崎）
近藤秀一	在学生	二十年三月十七日	硫黄島

清水茂徳	在学生	二十年八月八日	朝鮮・羅新東南海上
須崎　昇	在学生	二十年三月十日	石川島重工（州崎）
東条一夫	在学生	二十年三月十日	石川島重工（州崎）
中島信英	在学生	二十年十一月十四日	支那・山西省太原
松永茂雄	在学生		
山口輝夫	在学生	二十年六月二十一日	南西諸島方面
吉川善成	在学生	二十年二月三日	支那・河北省石門陸軍病院

あとがき

昭和十八年、全国の法科文科系大学及び専門学校の学生・生徒が学徒出陣してから、早くも六十年が過ぎた。

國學院大學からも、昭和十八年十月十四日、六百余名の学徒が校舎のある渋谷・若木が丘より出陣して行つた。

「我等に國學魂あり！」

この言葉は、十八年十月二日、國學院大學学部学生による自発集会に於いて、誓詞を読み上げた学生が絶叫したものである。この言葉の中に大東亜戦争に出陣した國大生の精神が籠められてゐるといへよう。

國學院大學の建学の精神は、本書冒頭に謹載した有栖川宮の告諭に示されてゐる通り、「国体の講明」と「徳性の涵養」である。「国体の講明」とは我が国の正しい姿を明らかにすることであり、「徳性の涵養」とは人徳を高めることである。学徒出陣した國大生は、この二つを魂の奥底に奉じて戦つたのである。

このことは、本書で初めて一般に公開した「留魂録」（三二頁）の遺墨にも明瞭に残されてゐる。「忠節ヲ盡《つく》スヲ本分トスベシ」、「随祖先道（祖先の道に隨《したが》ふ）」、「大義滅私」、「忠烈」、「尊皇絶對《ぜったい》」これらの決意溢れる墨痕を今一度ご覧いただきたい。

また、「徳性の涵養」に関しても、「より以上の生、生より以上の生」といふ遺墨や家族に遺されたお手紙等から、人間の温かさを持つて散つていかれたことを確かめることができよう。

いづれにしても、国学を学ぶ者としては国学を机上の空論で終らせてはならない。実践を伴つてこその国学なのである。その最大の実践が学徒出陣であつたといへる。本書を通読いただき、当時の國大学徒兵が何を思つて生き、そして死んだかをお感じいただけたならば幸甚である。

本書の書名である「國學の子我等征かむ」は、「留魂録」に神田成治命が遺されたお言葉である（三九頁）。國學院大學学生の自負と責任を表はしたこのお言葉に随ひ、私たちは英霊の顕彰と我が祖国・日本の真姿回復に一層努める所存である。

尚、本書刊行の契機は、國學院大學戦歿先輩学徒慰霊祭実行委員会にある。三十三年前から毎年慰霊祭を斎行されて来た実行委員会先輩方の存在があつたからこそ、本書が刊行できたのであり、心から感謝したい。

また、本書のために貴重な遺稿・遺影等をお貸しいただいたご遺族・同期生先輩各位、並びに「留魂録」の撮影やその他資料提供にご助力いただいた國學院大學校史資料課長の加藤貞敏氏、同課の益井邦夫氏、そして本書を一般書店でも求められるやう公刊して下さつた株式会社展転社代表取締役の藤本隆之氏、その他多数の方々にご協力いただいたことを記して、末筆ながら深く感謝申し上げる。

平成十六年六月二十九日　靖國神社御創立記念日

國學院大學戦歿院友学徒遺稿追悼集刊行会
編纂委員　江藤隆之
高澤一基
福永　武
松下眞啓
山口旭聲

カバーデザイン　妹尾善史
(Land fish)
カバー写真提供　鈴木正男
「留魂録」撮影　森　仁

【監修者略歴】

大原　康男（おおはら　やすお）

昭和17年、滋賀県大津市生まれ。同40年、京都大学法学部卒業。日清紡績㈱勤務後、同53年、國學院大學大学院博士課程（神道学専攻）を修了し、同大日本文化研究所に入所。同研究所教授を経て、現在、國學院大學神道文化学部教授。博士（神道学）。主な著書、編著、共著、監修書に『天皇—その論の変遷と皇室制度』、『平成の天皇論』、『実例に学ぶ「政教分離」』（正・続）、『詳録・皇室をめぐる国会論議』（いづれも小社刊）、『神道指令の研究』（原書房）、『再審「南京大虐殺」』（明成社）、『「靖国神社への呪縛」を解く』（小学館文庫）、『教育勅語』（ライフ社）など多数。

國學の子我等征《ゆ》かむ

國學院大學戦歿院友学徒遺稿追悼集

平成十六年八月十五日　第一刷発行

編　者　國學院大學戦歿院友学徒遺稿追悼集刊行会

監　修　大原康男

発行人　藤本隆之

発　行　展転社

〒113-0033 東京都文京区本郷1-28-36-301

TEL　〇三（三八一五）〇七二一

FAX　〇三（三八一五）〇七八六

振替　〇〇一四〇－六－七九九九二

組　版　生々文献サービス

印　刷　シナノ

製　本　美行製本

ISBN4-88656-248-5

てんでんBOOKS

［価格は税込］

シリーズ・ふるさと靖国3
いざさらば我はみくにの山桜　靖国神社編
●ペンを擲って戦陣に散った幾多の学徒特攻兵たち。その尊くも清らかな心を今日に伝える。　1050円

シリーズ・ふるさと靖国4
散華の心と鎮魂の誠　靖国神社編
●従軍看護婦・少年飛行兵・軍属・将兵など五七柱の遺書や絶筆を写真と共に掲げ慰霊の心を後世に伝える。　1050円

靖国公式参拝の総括　板垣　正
●誰が首相の公式参拝を妨害してきたのか。靖国問題の第一人者がすべてを白日のもとに明かす。　2100円

靖國神社一問一答　石原藤夫
●誤解と無知と悪意を一刀両断。国立追悼施設計画にも真っ向から反論する中高生からの靖国入門書。　1050円

幕末入門書　花谷幸比古
●皇国の無窮を信じ、身命を賭した維新の志士たち。その生涯を貫いた草莽の死生観とは何か。　1890円

日本を誤らせた
国連教と憲法信者　加瀬英明
●戦後日本を呪縛する迷信「国連」と盲信「憲法」の蒙を啓き、国際政治の冷酷なリアリズムを明かす。　2100円

乃木希典　岡田幹彦
●日露戦争を勝利に導いた陸軍最高の名将にして近代随一の国民的英雄の生涯。愚将論の誤りを正す。　1890円

昭和の戦争記念館　全5巻　名越二荒之助編
●ありのままの父祖の姿を後世に語り継ぐ「論より証拠」の秘話発掘写真集。昭和史の欠落を埋める。　各巻2940円